One wish he was granted that day.
He chose love instead of gold and waited for
her on the bay.

The mermaid came back after all these years,
her eyes were filled with happy tears.

Finally the sailor found his wife,
with a tail like hers they started their life.

De Graaf van Everly Hall

Mechtild Henkelman

Hoofdstuk 1

Juni 1656 - November 1656

Hoofdstuk 2

April 1657 - Augustus 1658

Engeland, 1656

De monarchie is afgeschaft.

Charles Stuart de Tweede, koning van Engeland,
Schotland en Ierland leeft in ballingschap in de
Zuidelijke Nederlanden.

Engeland en het daarbij behorende Gemenebest worden
met harde hand geregeerd door één persoon,
Lord Protector en dictator Oliver Cromwell.

In deze roerige tijden bloeit de handel op met de
koloniale landen.
Met name de Engelse adel en de bankiers die
investeren in de koopvaardij profiteren hierbij.

Hoofdstuk 1

Juni 1656, Herberg The Old Whale, Trennagan, Cornwall

'Volgende, ik heb niet de hele dag de tijd!' brulde meneer Oliver luidkeels en sloeg met zijn vuist op de scheefstaande tafel.

De norse man zat al sinds vroeg in de ochtend op dezelfde plek bij het raam. De zon had haar hoogste stand bereikt en scheen recht in zijn nek. Hij zuchtte geïrriteerd. Hij zette zijn steek af en wreef met een gerafelde doek het zweet van zijn voorhoofd. Zijn gezicht gaf een doorleefde indruk met diepe rimpels. Hij had meer gezien van de wereld dan goed voor hem was. Zijn loshangende grijzende haren bond hij opnieuw strak in een staart. Hij trok zijn zwarte ooglapje recht dat voor zijn linkeroog hing, nam een grote slok bier uit een grote beker en wenkte de eerstvolgende.

'Doorlopen jij, je mankeert toch niets aan je benen?'

De jonge mannen in de lange rij zetten zwijgend enkele stappen naar voren, de hakken van hun laarzen klonken gelijkmatig op de houten vloer. Het was het enige geluid naast de bulderende stem die hoorbaar was in de overvolle herberg. Deze dag was er geen plaats voor muziek en gelach. De jongens waren allemaal met hetzelfde serieuze doel naar deze plek gekomen. Het merendeel van hen kwam uit Cornwall en de naastgelegen graafschappen van Devon, Dorset en Sommerset. Zij waren hier al enkele dagen en overnachtten in lokale herbergen zoals The Old Whale, totdat zij gehoor gaven aan de oproep om plaats te nemen in de rij. Voor degenen die geen geld hadden om in een bed te slapen, viel de keuze simpelweg op een slaapplek op het nabijgelegen strand. Niemand klaagde, want dit was een kans die geen van allen wilde laten schieten. De één keek afwachtend op zijn beurt naar boven en volgde de lange steunbalken aan het plafond, een ander keek verlangend naar de bar waar het bier werd gedronken door degenen die al klaar waren en sommigen keken ter vermaak naar de barvrouw die steeds te veel inkijk in haar blouse had telkens wanneer ze bukte. Maar de meesten onder hen staarden uitdrukkingsloos en gespannen voor zich uit. *Goedgekeurd* en *afgekeurd,* waren de woorden die zij hoorden, vooral *afgekeurd,* waarna het gestamp van een stempel volgde en het gekraak van de gammele tafel.

Eén van de jongens hield de oudere man goed in de gaten. Zijn werkwijze, zijn gedrag, niets ontging hem. Hij was hier sinds gisterenavond aangekomen bij het ondergaan van de zon en had geslapen onder de heldere zomerse sterrenhemel van *Trennagan Beach*. Nog maar één voorganger, dan was het eindelijk zijn beurt.

'Afgekeurd!' snauwde meneer Oliver.

'Leeghoofd, hoe denk jij mee te kunnen varen als je zo bijziend bent als mijn opa van negenennegentig en een half, hé?
Ik ben niet zomaar iemand!
Ik ben woordvoerder, kwartiermeester en rechterhand van de kapitein.
Alleen de besten en de sterksten mogen mee.'

De jongen, niet veel ouder dan een jaar of vijftien, nam het formulier met zijn afwijzing met trillende vingers aan en keek vluchtig naar de persoon achter hem.

'Succes, je zult het nodig hebben,' fluisterde hij.

'Dat gaat mij wel lukken,' zei de jongeman met een brede grijns op zijn gezicht.

'Wat is er zo grappig, snotneus?
Je papieren, dan zal ik eens kijken wat je in je mars hebt.
Het lachen zal je snel vergaan.'

De jongeman overhandigde hem het formulier en keek hem recht in de ogen. De man gromde binnensmonds, griste het vel uit zijn hand en begon het te lezen met behulp van een vergrootglas die hij voor zijn enige goede oog hield. Het formulier was eerder deze dag ingevuld door een lokale ambtenaar, want de meeste jongens konden lezen noch schrijven.

'Zo, zo, wat hebben we hier, twintig jaar.
Al zindelijk dus, hèhè.
Veel arbeid verricht zo te lezen: ploegwerk gedaan bij een boer, ijzer bewerkt bij een smid, schapen geschoren, zelfs geholpen met zwaar sjouwwerk in de mijnen.
Je bent dus niet bang uitgevallen.
Sta eens rechtop!
Ja, ja, goede stevige bouw, sterke armen.
Wat mij betreft ben je goedgekeurd, maar nog eenmaal zo`n brutale grijns en je zult wensen dat je nog bij je moeder in de buik zat!'

Meneer Oliver stond op van de tafel, liep naar hem toe en greep zijn kin vast.

'Wat hebben die stoppeltjes rond je kin en kaak te betekenen?
Scheermesje vergeten?
Glad moet het zijn, als een aal!
Hygiëne is heilig aan boord.
Enne… bind die lange haren van je strak tot een staart.
We willen geen luis aan boord!
Hier heb je een lintje,' zei hij denigrerend.

De jongeman pakte het katoenen reepje aan en bond zijn stugge bruine haren bijeen. Daarbij keek hij de woordvoerder nog steeds strak in de ogen aan.

'Klaar modepopje, dan kunnen we verder.'

Meneer Oliver nam weer plaats achter de tafel.

'Kijk eens naar dit vakje op dit formulier,' zei hij op kleinerende toon.

'Zet hier maar een kruisje of een streepje, dat is voldoende.
Dat begrijpen jullie analfabeten wel, toch?'

De jongeman pakte zelfverzekerd de veren inktpen en zette in het vakje een vlotte handtekening met sierlijke letters.

'Wat de duivel is dit voor een grap?
Kun jij schrijven, knulleke?'

'Nee, meneer.

De plaatselijke dominee heeft mij alleen mijn naam geleerd voor zeldzame momenten zoals deze, zodat ik voor even weet hoe het voelt om net zo intelligent te zijn als u, meneer.'

Olivers wangen werden vuurrood van woede. Hij stond op uit zijn stoel, boog naar voren en vatte hem bij zijn hemd. Hij kon zich maar nauwelijks beheersen om hem geen klap te verkopen.

'Vooruit, ga heen, voordat ik je….'

Plots barstte hij in lachen uit waarbij zijn twee gouden voortanden duidelijk zichtbaar werden.

'Beter één brutale vlerk met sterke schouders, dan honderd minkukels zoals jullie hier,' schreeuwde hij, terwijl hij naar de lange rij van jonge mannen voor hem keek.

Hij draaide het formulier naar zich toe en las de naam hardop voor die was ingevuld.

'Gareth Palmer, geboren in Trewyn, Cornwall.
Wel, Gareth van Trewyn, welkom in de wereld van de zeevaart.
Je bent nu een matroos.
Over vijf dagen varen we uit.
Zorg dat je bij zonsopkomst klaarstaat, en geen minuut later, bij het schip *The Royal Dream* en meld je bij kapitein James Barley. Onthoud deze regels: spreek de kapitein nooit tegen; verspreid geen leugens; pleeg geen muiterij; drink niet totdat hij zegt dat het mag en bovenal, neem geen vrouwen aan boord.
Overtreed je één of meer van deze regels dan kun je rekenen op een zeemansgraf.
Durf je nog mee, want je bent niet binnen een week terug.'

'Ja, meneer Oliver, meneer de woordvoerder.
Geen probleem, ik houd van regels en discipline.
Tot uw dienst, meneer Oliver.'

Gareth maakte een diepe overdreven buiging en wilde fluitend de herberg verlaten, maar de kwartiermeester riep hem terug. Hij was nog niet met hem klaar.

'Ik zei, geen leugens!
Je accent verraadt je, jongen.
Je kunt veel mensen wijsmaken dat je in het zuidwesten geboren bent, maar dat noordelijke taaltje van je kun je niet afleren.
Jij komt niet uit Trewyn!
Ik kom zelf uit het noorden net als de kapitein.
Dus, wat wordt het?'

Gareths gezicht verstarde. Hij dacht kort na over het antwoord wat hij wilde gaan geven, keek de man aan en sprak toen resoluut:

'Verander *Trewyn* in *Arlow*, meer hoeft u niet te weten.'

Meneer Oliver keek hem grondig aan. Voor even leek er twijfel te bestaan over zijn beslissing hem mee te nemen, maar een glimlach verried zijn ware gedachten.

Er is iets aan hem dat me wel bevalt, ik kan er alleen mijn vinger niet opleggen.
Tijd zal uitmaken of ik hem goed heb ingeschat.

'Het is goed zo noorderling, je afkomst interesseert mij geen ene moer.

14

Jullie zijn allemaal zonen van hoeren en bastaards.
Alleen je kracht en behendigheid zijn voor mij belangrijk.
Wat staan jullie daar te slapen niksnutten, volgende!'

Gareth liep naar de bar. Hij had honger gekregen van deze lange dag. Een *Cornish Pie* en een beker met bier werd in rap tempo voorgeschoteld. De pie was rijkelijk gevuld met stoofvlees, aardappelen en wortels. Het vloog recht zijn lege maag in. De herbergier deed vandaag goede zaken en had een flinke voorraad van tevoren klaargemaakt voor al die hongerige knapen. Na de maaltijd had Gareth behoefte aan frisse lucht. In de herberg was het behoorlijk benauwd geworden. De zomerhitte gemengd met zure zweetlucht hing door de hele zaal. Hij stapte vermoeid naar buiten en zuchtte een paar keer diep in en uit. Het was een lange dag maar het was het waard. Niets stond hem nu nog in de weg om te gaan varen op één van de indrukwekkendste vrachtschepen van Cornwall, *The Royal Dream*. Gareth staarde dromerig naar de zee. Een lange zeereis naar het Zuidelijke Amerika, klaar om ontdekt te worden. Hij ging naar Jamaica, een eiland waar de zon altijd scheen. Het moest er prachtig zijn. Een nieuwe kolonie van het Engelse koninkrijk dat alsmaar verder uitbreidde. Weg van het miezerige leven hier, een nieuwe start, een nieuwe kans. En als dat aan de andere kant van de wereld moest zijn, dan was het maar zo.
Gareth lachte tevreden in zichzelf. Hij slenterde verder en volgde een stenen pad langs de kade, glibberig door het opgehoopte zeewier dat was achtergebleven na de vloed. Het liep schuin naar beneden. De zee kwam met elke stap die hij nam dichterbij. Driemasters en kleine vissersbootjes sierden de horizon in de verte. Hij stopte halverwege bij een rotspartij, zette zijn handen op het donkergrijze gesteente, ging er bovenop zitten en sloot zijn ogen. Het geluid van de ruisende golven, de

zoute zeelucht en de krijsende meeuwen hoog in de lucht gaven hem rust. Hij trok het lint los en liet zijn lange bruine haren wapperen in de wind. De zon verwarmde zijn gezicht. Gareth cijferde zich weg alsof hij de enige in de wereld was. Een heerlijk gevoel van vrijheid. Dat gevoel was van hem alleen en niemand anders.

Hij zat daar zeker voor een uur, wegdommelend, toen de stilte werd verstoord door gezang, meegevoerd door de wind. Iemand zong *The Mermaid and the Sailor,* een ontroerend zeemanslied dat hij herkende. Het lied maakte gemengde gevoelens bij hem los, emoties die hij lang geleden had begraven. *Pijn* maar ook *vreugde*. Hij keek op en zocht vanwaar de melodie kwam. De zachte vrouwenstem intrigeerde hem. Hij sprong van de rots en liep de kade verder af tot hij niet meer verder kon. De mooie stem klonk luider. Hij keek omhoog naar de pastel beschilderde vissershuizen met de karakteristieke donkere dakpannen die tussen de heuvels verspreid stonden. Hij nam een houten trap naar boven, sloeg linksaf een smal geplaveid straatje in en stopte recht voor een groot vrijstaand huis met een rond balkon. Hij keek omhoog. En daar was het voor het eerst dat hij haar zag, gekleed in een blauwe zomerse jurk. Haar lange lichtbruine haren opgestoken. Eén pluk hing los en wapperde mee op de deining van de wind. Twee sierlijke pijpenkrullen bengelden aan weerszijden van haar lichtroze wangen. Roerloos bleef hij naar haar kijken, alsof hij geraakt werd door de bliksem. De hele wereld trok aan hem voorbij. De geluiden van het straatleven en de zee in de verte verstomden, de kleuren vervaagden. Hij hoorde alleen nog maar haar stem, zag alleen nog maar haar mooie gezicht. Dit overtrof zijn vredige moment aan de kade op alle fronten.

Ze voelde dat ze werd bekeken, stopte met zingen en keek naar beneden waar een jongeman met lange haren haar gadesloeg. Hun ogen kruisten elkaar slechts enkele seconden, maar voor hem was het duidelijk. Deze mooie jonge vrouw moest hij leren kennen.

'Hoe heet je?
Ik wil het weten, want ik blijf hier staan totdat je het mij vertelt.'

Huize Barley, Trennagan, Cornwall

'Vader, hoelang blijft u deze keer op zee?
Ik heb u voor mijn gevoel pas net weer terug in mijn leven en nu moet u ons opnieuw verlaten.'

'Hooguit één jaar mijn lieve Evelyn, niet langer dan nodig is.
De kostbare vracht moet geleverd worden en we nemen nieuwe voorraden mee terug, net als de vorige keer.
Dat waren zestien lange maanden, maar toen was het mijn eerste vaart naar het onbekende.
De handel naar het Zuidelijke Amerika stond nog in de kinderschoenen.
Nu zal het sneller gaan, er is inmiddels al een grote gemeenschap van kolonisten op het eiland.
Zij staan klaar in de haven van Port Royal om te helpen met laden en lossen.
Engelsen die van aanpakken weten.
We blijven daar niet langer aan land dan nodig is.
En, we nemen veel mee terug: zout, suiker, koffie, bananen, tabak, mooie stoffen, mineralen en… rum voor mij, haha.
Maar ook heerlijke specerijen waar je moeder nu al van profiteert.
Vind je ook niet dat haar kookkunsten nog beter tot zijn recht komen met deze exotische kruiden?'

'Doe er maar lacherig om vader, maar er is hier geen man in huis als u weg bent.
Alleen moeder en ik om ons mannetje te staan.'

'Klaag niet zo.

Je woont hier niet in een verlaten hutje en je komt niets te kort.

Deze eerste reis heeft ons veel geld opgeleverd.

Naast ons eigen huis in Stonebridge in Yorkshire, hebben we nu ook dit tweede huis in Cornwall voor de zomermaanden.

Jullie dragen de nieuwste jurken uit Londen en Trennagan wordt dag en nacht bewaakt door de havenmeester en zijn mannen.'

Evelyn zuchtte geïrriteerd. Haar vader wist het gesprek altijd zo te bepalen dat hij het laatste woord kreeg en daarbij vaak gelijk had. De deur beneden ging open en een vrouw in een lange lichtgroene zijden jurk met opgestoken bruine haren in een sierlijke wrong liep de trap op naar boven.

'Emma, ben jij dat?'

'Ja, James, ik ben thuis van de markt, veilig en wel.

Niets om je zorgen over te maken.

Ik weet dat je mij hebt gewaarschuwd voor al die jongemannen die deze weken ons stadje bezetten.

Al die gevaarlijke matrozen, maar ze hebben mij niet lastiggevallen hoor.

Al moet ik zeggen dat er wel een paar hele knappe mannen tussen liepen,' zei ze plagerig met een knipoog naar haar dochter.

Evelyn schoot in de lach, terwijl ze keek naar het verbaasde gezicht van haar vader. James stond op en sloot zijn vrouw stevig in zijn armen.

'Waren ze echt zo knap Emma?'

'Geen enkele knul haalt het bij jou, ook al word je een dagje ouder,' zei ze lachend en gaf hem een kus op zijn wang.

'Dank je, dat is precies wat ik wilde horen.
Hoe ouder, hoe beter zeggen ze toch?
Rimpels tonen aan dat je leeft, en die paar grijze haren tussen het merendeel dat nog zwart is op mijn niet kalende hoofd, laat zien dat ik wijs ben en…'

'Ja vader, stop maar, u bent geweldig,' lachte Evelyn.

'Ik was nog niet klaar meisje.
Ik ben ook nog eens zo sterk als een os, kijk maar!' waarna hij zijn vrouw rond haar middel optilde en rondzwierde.

Emma schoot ook in de lach. Evelyn onderbrak het vrolijke tweetal.

'Vader, mijn excuses dat ik net zo kinderachtig reageerde.
U en de zee gaan hand in hand.
Zonder dat leven zou u hier doodongelukkig zijn en dat is wat niemand u gunt.
Wanneer vertrekt u?'

'Over vijf dagen.
Er is nog veel te doen, veel voorbereidingen, maar we lopen op schema.
Evelyn, wil je de balkondeuren voor mij openzetten?
Het wordt warm hierbinnen.
Het is pas juni, maar de zomer brengt nu al hitte.'

'Zeker vader.'

Evelyn liep naar een beeldje van een dolfijn waar de sleutel aan een koordje om heen hing. Het was gesneden uit tropisch hardhout. Een souvenir uit Jamaica, het nieuwe land. Ze opende de deur en meteen waaide er een frisse zeebries door het vertrek. Ze snoof de zoute lucht op.

'Ah, dat is fijn, dank je.
Ik ga mijn boekhouding doen.
Stoor me maar even niet de komende uren,' zei James.

'Is goed vader, ik ga hier wat lezen op het balkon.
En moeder, je hoort het, je mag hem niet storen!'

Emma lachte vanuit de andere kamer.

'Ik heb nog wat naaiwerk liggen.
Die nieuwe jurk, weet je wel, die ze een maat te groot hadden geleverd.
Ik zal hem voor je verstellen.'

Evelyn pakte een boek uit de kast en ging zitten in een rieten stoel, bladerde naar de bladzijde waar ze was gebleven, maar haar ogen bleven hangen bij de eerste regel. Het felle licht van buiten prikte in haar ogen.

'Het is vandaag geen dag om te lezen,' mompelde ze en legde het boek voor haar neer op de grond. Ze plaatste haar beide handen op de reling van het balkon. In de verte zag ze de zee, de golven glinsterden goudgeel door de zon. Hoe langer ze keek, hoe meer details ze zag. De mensen op het strand, druk in de weer met het in- en uitladen van de visvangst, kleine bootjes dobberend in de branding, grote driemasters in de verte. En hier, beneden haar, het smalle straatje, waar allerlei mensen passeerden.

Waar zouden ze naartoe gaan vandaag? dacht ze dromerig.

De zonnige dag maakte haar vrolijk en ze kreeg zin om te zingen: *The Mermaid and the Sailor.* Plots stopte ze en keek de kamer in.

'Sorry vader, als u er last van heeft zal ik stoppen met zingen.'

'Nee, ga door, je zingt mooi, het maakt mijn werk wat minder zwaar.'

Evelyn zong verder. Haar moeder zong dit lied al voor haar toen ze nog een klein meisje was. Het was haar lievelingslied.

Het ging over een matroos die verliefd werd op een zeemeermin.
Hij moest een keuze maken tussen haar wereld of de zijne.
Vis zijn of mens?
Hij wachtte wel vijf jaar voordat hij zijn keuze had gemaakt.
Toen hij bij de zee was aangekomen en haar naam riep, kwam ze niet.
Hij had voor haar gekozen, maar hij was te laat.
Weer vijf jaar later zag hij haar onverwachts terug, maar dit keer op het land en met twee benen.
Ze was hem nooit vergeten.
Maar elke stap die zij nam deed haar pijn.
Een zeenimf verscheen en de matroos mocht één wens doen.
Hij kon alles wensen wat hij wilde, van goud tot macht, maar het enige wat hij wilde was het laten verdwijnen van haar pijn.

Omdat hij zo onzelfzuchtig was, werden zij beloond met een geschenk om te leven in beide werelden.
Overdag op het land en in de avonden in zee.

Dit romantische lied betekende veel voor haar. Zo zag ze ook haar ouders. De één hield van land, de ander van de zee, maar ze kwamen altijd weer samen en gingen voor elkaar door het vuur als het moest.

Terwijl ze zong had ze het idee dat ze werd bekeken. Misschien iemand die haar stem waardeerde. Ze kreeg vaker complimenten van mensen als ze mocht zingen na afloop van een diner. Nieuwsgierig keek ze naar beneden of er daadwerkelijk iemand stond. Haar adem stokte toen ze een jongeman zag die stil als een standbeeld haar aanstaarde. Zijn warrige lange bruine haren wapperden in de wind en met zijn helderblauwe ogen keek hij haar indringend aan. Hij was eenvoudig gekleed, een lichte blouse, de mouwen opgerold tot aan zijn ellebogen en een donkere werkbroek met scheuren. Hij liep op versleten hoge laarzen waarvan de kleur eens glimmend bruin moest zijn geweest. Niet iemand van adel, dat was zeker. Maar buiten dat ruige uiterlijk, had hij iets charmants. Hij was zeker de knapste jongen die ze ooit gezien had.

'Hoe heet je?
Ik wil het weten, want ik blijf hier staan totdat je het mij vertelt,' riep hij plots.

Zijn directheid bracht haar in verwarring. Wat moest ze doen? Ze kende hem niet. Misschien was het wel een oplichter? Iemand die zijn uiterlijk en charme enkel gebruikte om van de rijken te stelen. Normaal gesproken was ze altijd op haar hoede in dit soort situaties. Maar er was iets aan hem wat ze niet kon

23

plaatsen. Het voelde vertrouwd, alsof ze hem al jaren kende. Toch twijfelde ze om hem zomaar haar naam te vertellen.

'Kom naar beneden, ik wil graag degene leren kennen die mijn dag nog mooier maakt dan het al is.'

Wat moest ze zeggen, wat kon ze doen? Was het niet een schande om als jongedame gezien te worden met de eerste de beste vreemdeling? En hoe kon ze sowieso ongezien naar buiten glippen zonder dat haar ouders iets door zouden hebben? Ze liep vluchtig de kamer in en nam een besluit.

'Vader, ik bedenk me net dat ik nog naar de markt moet gaan. Ik mis nog wat garen die moeder nodig had voor de jurk. Is dat goed? Ik zal niet te lang wegblijven.'

James, die helemaal in zijn boeken was gedoken, kwam zuchtend overeind en fronste zijn voorhoofd.

'Is al goed, meisje. Het werk hier neemt nog veel tijd in beslag en je moeder is ook nog wel even bezig. Is ook niets voor een jonge meid als jij om de hele dag binnen te blijven. Wel op tijd terug zijn voor het avondeten.'

'Ik beloof het u vader, tot later.'

Evelyn rende de trap af en opende de deur naar buiten. Op straat zocht ze naar de mysterieuze jongeman, maar hij was nergens meer te bekennen. Wat was ze dom geweest. Hij dacht natuurlijk dat ze niet meer wilde komen, nadat ze zonder iets te zeggen de kamer was ingelopen. Ze had hem te lang laten wachten. Ze liep het straatje verder af tot ze niet meer verder kon en stopte bij een boom waar ze tegen de stam leunde. Ze begon zich te schamen. Haar hoofd vulde zich met nare gedachten:

Naïeve domkop.
Hij is al lang vertrokken, op weg naar een andere jongedame om te verleiden.
Voor jou tien anderen.
Je bent voor de gek gehouden.
Zo`n jongen bespeelt je gewoon.

Ze maakte aanstalten om terug te gaan, toen ze plots een hand op haar schouder voelde. Ze draaide zich om en keek recht in de blauwe ogen van haar vreemdeling. Hij pakte teder haar rechterhand en gaf daarop een kus.

'Aangenaam mooie dame, ik ben Gareth.'

Everly Hall, Fernwood, Yorkshire

'Weg, mijn kamer uit en neem die verdomde beesten mee!
Allemaal flauwekul, zeg ik je!'

De man in het brede hemelbed trok een bloedzuiger hardhandig
van zijn borst en smeet het slijmerige ding op de grond. Bloed
sijpelde op het lichte vloerkleed.

'Maar heer, u moet dit ondergaan, uw bloed moet gereinigd
worden.
U heeft de aderlating toch ook probleemloos doorstaan?'

De zieke man zette zich met moeite en veel gekreun rechtop in
zijn bed en keek met een spierwit gezicht en bloeddoorlopen
ogen naar de man die naast zijn bed stond.

'Probleemloos, wie houd je voor de gek?
Dokter Clarkson, mijn beste Timothy, wij draaien al lang
genoeg mee op deze aarde om te weten wanneer wormen nog
maar één doel hebben; en dat, is het opvreten van mijn lichaam
als ik straks zo stijf ben als een plank.
Wees eens eerlijk, verdomme, echt eerlijk, wil je.
Ik weet wanneer het met me gedaan is.
Ik ben niet bejaard of ziek, het is gewoon pech mijn vriend.
Een domme val van mijn paard en zo'n beetje alles in mijn
benen gebroken wat maar te breken viel.
Jij hebt gedaan wat je kon, maar de rottende ontsteking die ik
erbij heb gekregen breidt verder uit.
Het vreet mij van binnen op, ik voel het.
Het is tijd.

Laat ze maar komen, één voor één, maar Nathan als laatste.
Dat moet je mij beloven.'

'Natuurlijk Nathaniel, ik zal het tegen hen zeggen.'

Timothy liep hevig ontdaan de kamer uit, nam de lange trap naar beneden naar een wachtkamer waar de familie Everly was samengekomen. Twee jongemannen, een oudere man en een zeer oude vrouw zaten zwijgend te wachten op nieuws. Verschrikt keken zij op toen dokter Clarkson met een bedrukt gezicht naar binnen stapte. Hij keek naar de vier gespannen gezichten voor hem. Het was slopend voor hen geweest. Al weken sinds het ongeluk hoopten en bidden zij op verbetering, maar het mocht niet zo zijn. Hun sterke vader, broer en zoon stond op het punt hen te verlaten.

'Hij wil afscheid van jullie nemen nu het nog kan.
Eén voor één, Nathan als laatste, dat is zijn wens.
Wilt u als eerste, oud-gravin Everly?'

De oude vrouw knikte. Zwijgend stond ze op met haar gekromde rug, leunend op een wandelstok. Slechts haar indringende wijze ogen wezen erop dat zij eens een trotse sterke vrouw was. De dokter ondersteunde de oude-gravin met zijn rechterarm en begeleide haar stapje voor stapje naar de kamer waar haar zoon op sterven lag.

'Moeder, goed u te zien,' zei hij met krakerige stem.

'U was altijd al sterker dan ik, u overleeft zelfs mij.
Ik houd het kort, sarcastisch hè?

Waak over mijn twee jongens en leer hen alles wat ik hen niet meer kan bijbrengen.
Spoedig ben ik weer samen met Rossalyn, mijn vrouw, dat is genoeg voor mij.
Maar zij, hebben niet veel familie meer om hen heen.
Alleen u en mijn broer Rupert.'

Lady Prudence kwam dichter bij zijn bed, tranen gleden over haar rimpelige wangen naar beneden.

'Spoedig zal ook ik je vergezellen.
Ik ben een taaie, maar voor hoe lang nog?
Ik ben tweeënnegentig.
Dit verdriet wilde ik niet meer voelen.
Het hoort niet zo te zijn dat het kind eerder gaat dan de ouder.
Het breekt mijn oude hart, maar ik moet afscheid van je nemen.'

Ze kuste zijn voorhoofd en wilde vertrekken, maar Nathaniel hield haar tegen.

'Er is nog iets wat ik tegen u wil zeggen.
Het geheim dat ik altijd bij mij droeg, die zware last die mijn hart heeft verzwaard.
U weet waarover ik het heb.
Ik heb besloten dat ik het Nathan ga vertellen.'

De ogen van de oude vrouw werden groot van schrik.

'Het moet moeder, ik moet dit opbiechten om in het reine te komen met mijzelf.
Ik wil vergeven worden voordat ik heenga, desnoods zal ik hem erom smeken, maar ik zal het hem vertellen!'

'Nee, dat doe je niet!

Als dit je laatste wens is, dan wens maar een andere, mijn zoon.

Dit is iets wat je mee moet nemen in je graf.

Hij mag het nooit te weten komen, hoor je me!

Je bent een grote egoïst!

Het zal als een gruwelijke schaduw over hem heen hangen en uiteindelijk zijn jonge hart vergiftigen.

Belast hem niet met dit geheim.

Als je vergiffenis wilt dan zal ik het je nu schenken, maar laat hem erbuiten.'

Nathaniel schudde afkerend zijn hoofd. Alles was gezegd. Hij bleef standvastig bij zijn besluit. Lady Everly verliet de kamer met tranen in haar ogen. De dokter die op de gang had gewacht, begeleide haar naar beneden.

Na dit zeer moeizame afscheid volgde Rupert, zijn jongere broer. Nathaniel pakte zijn hand:

'Je weet wat je te doen staat broertje.

Ik maak jou tijdelijk regent graaf van Everly Hall.

Jij zal verantwoordelijk zijn voor de grote gemeenschap in het graafschap Fernwood totdat Nathan eenentwintig is.

Stoom hem klaar voor deze nobel taak en vind een geschikte partner voor hem met voldoende status en geld.

Ons huis en de daarbij behorende titel moet doorgegeven worden aan het nageslacht, want je weet dat we er financieel niet meer zo sterk voorstaan.

Beloof me dat je er voor hem zult zijn, dan kan ik met een gerust hart heengaan.'

'Dat beloof ik je plechtig Nathaniel, erewoord van een Everly.'

Nathaniel kneep in zijn hand als dank.

Na Rupert volgde David, zijn oudste zoon, vijfentwintig jaar. Degene die in eerste instantie de titel van graaf zou erven, maar hij stelde zijn leven liever in dienst van god. Het kostte hem als vader veel moeite deze keuze te accepteren, maar achteraf gezien was dit de enige juiste beslissing geweest. Zijn parochie was door hem uitgegroeid tot een grote, trouwe gemeenschap. Niemand had het beter kunnen leiden dan hem.

'David, dominee, kom hier.
We zijn het niet altijd met elkaar eens geweest in het verleden, maar dat is voorbij.
Ik heb nog één laatste verzoek aan jou.
Jij leidt de dienst van mijn uitvaart, niemand anders.
Kun je dit aan?'

David keek hem recht in de ogen.

'Ik beloof u een afscheidsdienst die waardig is aan de man die u bent.
U zal herinnerd worden als de nobele graaf van Fernwood en als liefdevolle vader.'

David nam afscheid en verliet met een bezwaard hart de kamer. Als laatste kwam Nathan binnen, zijn jongste zoon en vernoemd naar hemzelf. Voor heel even dacht de op sterven liggende graaf aan de bezwaren van zijn moeder, maar hij moest hem vertellen over het geheim dat hij jarenlang met zich meedroeg als een zware ballast. Hij gebood zijn zoon naast hem plaats te nemen op een stoel.

'Nathan mijn jongen, op jouw schouders rest een zware maar dankbare taak.

Je erft de titel van graaf en gaat regeren over het graafschap.

Je bent pas negentien jaar jong, maar je staat er niet alleen voor.

Oom Rupert gaat je helpen, zodat je een betere man zal worden dan ik.

Iedereen ziet mij als een geliefde graaf, goed voor zijn bewoners en alles wat daarbij komt kijken.

De laatste jaren misschien, maar ik ben niet altijd goed geweest.

Er is iets wat ik je moet vertellen voordat ik sterf.

Alleen aan jou, een duister geheim.

Weet, dat als ik je alles heb verteld, je mij met hele andere ogen zult zien.

Ik wil dat je van mijn fouten leert en het je sterk maakt, Nathan.

Maar ik hoop vooral dat je mij kunt vergeven.'

'Maar vader, wat kan er zo erg zijn?

Jij bent er altijd voor mij geweest, voor iedereen stond je klaar.

Een betere graaf had niemand in heel Fernwood zich kunnen wensen.

Ik zal in alle nederigheid in uw voetstappen treden.'

'Ik hoop het, mijn jongen.

Kom dichterbij, ga naast me zitten op het bed en luister naar wat ik je te vertellen heb…'

Nathan had aandachtig geluisterd naar wat zijn vader hem te zeggen had. Het gesprek duurde langer dan hij had verwacht. Alles wat hij dacht te weten over zijn vader, was een luchtbel gebleken. Hoe kon hij zich zo vergist hebben in deze man die hij heel zijn leven op een voetstuk had geplaatst? Verward verliet Nathan de kamer en liet zijn vader achter in zijn bed. Hij leunde tegen de muur en zuchtte trillerig. Dit geheim was te groot voor hem alleen, maar hij had geen keuze. Dit mocht niemand ooit te weten komen. Een opkomend gevoel van woede en walging overmande hem. Hij balde zijn vuisten om zich te beheersen; ademde nog enkele malen diep in en uit en nam de trap naar beneden. Hij probeerde een emotieloos gezicht te tonen alsof er niets gebeurd was, knikte naar de anderen in de wachtkamer en nam naast hen plaats op een beklede stoel. Maar er was wel degelijk iets veranderd. En Prudence zag het. Zij was geschokt toen ze het gezicht van haar kleinzoon zag. Het was veranderd in een grimas van haat en afkeer.

Wat heeft hij aangericht, die stomme dwaas!
Dit is niet de manier om afscheid te nemen van zijn zoon en daarmee zijn erfenis te bepalen.

De oude lady Everly werd opgeschrikt uit haar angstige gedachten door het dichtvallen van de deur. Dokter Clarkson had hen opnieuw verlaten om terug te gaan naar Nathaniel, graaf van Everly Hall, om hem bij te staan in zijn laatste uren.

Laat hem op zijn woorden terugkomen, dacht Prudence.

Laat hem sterven, dacht Nathan.

Trennagan Beach, Cornwall

'Zo Gareth dus, en heb je ook een achternaam of is je naam verzonnen en ben je hier alleen om mij te beroven?
Zal je tegenvallen, zo rijk ben ik niet en mijn juwelen heb ik thuisgelaten,' zei Evelyn zo zelfverzekerd mogelijk, terwijl ze wel duizend angsten uitstond van binnen.

'Praat je altijd zo onbeleefd tegen mensen die je net kent?
Natuurlijk is mijn naam echt.
Gareth Palmer heet ik voluit, twintig jaar.
Ik ben geen dief, dat verzeker ik je.
Ik hoorde je zingen in de verte en heb je stem gevolgd.
Die is zo te zien net zo mooi als de jongedame aan wie deze toebehoort.'

Evelyn bloosde.

'Wees niet bang.
Ik ben misschien niet rijkelijk gekleed, maar ik gedraag me wel als een gentleman.
Alsjeblieft, vertel me je naam.'

Evelyn keek recht in zijn lichte ogen. Daar zat geen enkel spoor van list en bedrog in. Vaak had ze het bij het juiste eind als ze mensen wilde inschatten op hun karakter. En op de één of andere manier kwam hij vertrouwd op haar over. Ze gaf toe.

'Ik heet Evelyn, zeventien jaar, en zo te horen kom jij net als ik niet uit deze regio.

Ik hoor de klanken van thuis als je praat, het mooie ruige noorden.
Wat brengt je hier?'

'Evelyn, past goed bij je, mooi en mysterieus.'

Het meisje bloosde opnieuw.

'Ik ben hier gekomen op zoek naar werk.
Ik kom uit Arlow, Graafschap Fernwood, ken je dat?
Een havenstad aan de Yorkshire Coast.'

'Hoe groot is de kans dat ik iemand uit Fernwood hier in het uiterste zuidwesten van Engeland ontmoet!
Ik kom uit het dorp Stonebridge bij de kliffen, hetzelfde graafschap.
Ik ben hier tijdelijk met mijn familie.'

'Noorderlingen trekken elkaar aan, daar staan we om bekend,' lachte Gareth.

'Maar ik blijf hier niet zo lang.
Over vijf dagen vaar ik mee op het koopvaardijschip *The Royal Dream*, en ga een groot avontuur tegemoet.'

Evelyn schrok van de naam. Het was het schip van haar vader.
Ze besloot hierover te zwijgen en veranderde van onderwerp.

'Wandel je met mij mee naar het strand?
Begeleid door een gentleman zal mij niets overkomen,' zei ze beleefd.

'Er is daar een plek bij de zwarte rotsen waar het rustiger is, een uniek stukje strand recht voor een grot, *The Emerald Cave*.
Ik wandel daar elke dag naartoe, het is een plek waar ik kan dromen en het dagelijkse leven voor even kan vergeten.
Het geeft mij het gevoel van vrijheid in een grote oneindige wereld wanneer ik kijk naar de horizon.'

'Weer een toeval, ik ken die plek sinds gisterenavond ook.
Ik heb daar geslapen op het strand en heb deze grot verkend.
Het is er prachtig, alsof je in een andere wereld stapt.
Ben je daar weleens geweest bij nacht?
Dan opent de wereld zich nog verder en zie je sterren zover het oog reiken kan.'

'Nee Gareth, ik mag van mijn vader s` avonds niet alleen ergens naartoe en zeker niet daar.
Het is er niet veilig om meerdere redenen.
Het getij is er sterker, strandjutters en smokkelaars sluipen overal rond, geen plek voor een jongedame.'

'Wat als ik je vergezel en je zal beschermen tegen al het kwaad?
Durf je dan wel?' zei hij uitdagend.

Ze schrok van zijn directheid, maar wist toch een antwoord uit te brengen.

'Lijkt me geweldig, maar ze zullen mij nooit laten gaan.
Ik ben een dame zoals ik al zei en dat heeft beperkingen.'

Het tweetal liep verder de kade af naar het strand. Een lange gouden strook strekte zich voor hen uit. In de verte staken zwarte rotspunten omhoog. Ze leken recht uit de zee te komen.

Zij vormden de ingang van de grot. Gareth deed plots zijn hoge laarzen uit en rende naar beneden.

'Wie er het eerste is,' lachte hij.

Evelyn keek hem na. Alles in haar vertelde haar rechtsomkeer te maken en die vreemdeling te laten staan waar hij was, maar ze wilde bij hem zijn. Ze kon het niet stoppen en dat wilde ze ook niet. Ze schopte haar lage laarsjes uit, tilde haar lange rok op en rende achter hem aan. Gareth stond al met beide voeten in de zee, vouwde zijn handen tot een kom en spetterde haar met het zoute water nat. Evelyn giechelde en wilde terugrennen, maar struikelde over haar jurk en viel languit in het zand. De klem die haar opgestoken haren bijeenhield in een wrong, sprong open en lange lichtbruine plukken haar golfden over haar schouders naar beneden. Gareth was snel ter plekke en trok haar met beide handen omhoog bij haar middel. Met haar haren los was ze nog mooier.

'Ben je oké?' vroeg hij bezorgd.

Evelyn liet zich niet kennen.

'Natuurlijk, zand is mijn beste vriend.
Het is maar een jurk, en losse haren zijn ook niet erg, zo`n teer poppetje ben ik niet hoor.
Je mag me wel loslaten, ik kan echt wel zelf staan.'

Gareth keek haar charmant aan. In plaats van haar los te laten, trok hij haar juist dichter naar hem toe met zijn rechterarm. Hij veegde enkele zandkorreltjes van haar wang. Hij tilde haar kin op en keek haar recht aan.

'Jouw ogen, wat een aparte kleur.
Lichtbruin met gouden spikkeltjes, net als een heldere zomerse dag.
Jij bent zo mooi,' waarna hij haar teder kuste op haar mond.

Evelyn was overrompeld. Het was haar allereerste kus. Zenuwen gierden door haar hele lichaam. Hij wilde haar opnieuw te kussen, maar ze duwde hem weg omdat ze zich geen raad wist met deze nieuwe emoties.

'Sorry, ik wilde mij niet opdringen.
Jij bent een echte dame en ik… ik gaf je mijn woord als een gentleman en dat ben ik niet nagekomen.
Jouw schoonheid bracht me in de verleiding.
Als je wilt dat ik ga, hoef je het maar te zeggen.'

'Nee Gareth, blijf alsjeblieft,' waarna ze hem een kus teruggaf.

Ze schrok van haar spontane daad en rende van hem vandaan, waarna ze wat verderop ging zitten op het zand. Gareth volgde haar en ging zwijgend naast haar zitten. Evelyn legde haar hoofd tegen zijn stevige schouder.

'Vier dagen, Evelyn, meer hebben we niet.
De vijfde dag vaar ik in de ochtend al uit.
Sorry voor mijn directheid of oprechtheid als je het zo wilt benoemen, maar ik wil je graag elke dag zien voordat ik vertrek. Is dat mogelijk, denk je?'

Ze keek hem aan en zocht naar de juiste woorden.

'Ja, Gareth.

Ja, ik zal er alles aan doen om bij je te zijn.

Ik ken je nauwelijks en normaal doe ik dit niet, ongepast en ongemanierd zal mijn moeder zeggen, maar tegelijkertijd voelt dit samenzijn goed en vertrouwd, alsof ik je al jaren ken.

Morgen op dezelfde tijd, hier op dit strand voor de ingang van de grot zal ik op je wachten.'

'Ik zal er zijn, daar kun je van op aan.'

Gareth en Evelyn liepen hand in hand terug naar boven waar ze afscheid namen van elkaar met een nieuwe kus.

Gareth keerde terug naar The Old Whale om een *pie* te eten, maar kreeg geen hap door zijn keel. Hij was tot over zijn oren verliefd. Voor het eerst in zijn leven en juist op het moment dat hij het niet kon gebruiken. *Verdomme*, vloekte hij in zichzelf. Hij had wel vaker een meisje gekust en dat ging ook wel eens wat verder, maar dat was niet serieus. Wat geflirt hier en daar. Maar met haar was het anders. Zij was echt, de gevoelens waren echt. Het kwam zo snel, dat had hij nog nooit meegemaakt. Hij nam een grote slok bier en zuchtte. Hij wilde weg, op reis, een nieuw begin maken, ver weg. Dat was zijn doel, zijn goed uitgedachte plan waar hij zo hard aan gewerkt had. Maar zij, Evelyn, bracht hem in de war. Hij nam weer een slok bier, maar het smaakte hem niet. Bitter als zijn verwarrende gedachten. Hij betaalde de waard met enkele *pennies* en keerde terug naar de plek op het strand waar hij eerder die dag met haar was. De stralen van de ondergaande zon lieten iets blinkends zien tussen het goudgele zand. Hij bukte en raapte het voorwerp op. Het was de parelmoeren haarklem van Evelyn. Hij zag haar gezicht met haar lange lichtbruine haren voor zich en lachte.

Nu heb je nog een reden om bij mij terug te komen.

Evelyn was net op tijd terug voor het avondeten. Emma schrok van haar dochter, met haar jurk vol zand en losse warrige haren.

'Wat is er met jou gebeurd kindje?'

'Niets moeder.
Het is de zee, de wind, Cornwall.
Het doet wat het wil.
Ik zal mij gaan opfrissen, dan kunnen we zo samen eten.'

Emma keek haar met opgetrokken wenkbrauwen na.

Opgroeiende meisjes, zo wispelturig als de wind.
Wat een fase, wat een fase.

Maar ook Evelyn kreeg die avond weinig eten door haar keel. Ze kon alleen nog maar aan Gareth denken. Morgen, dan kon ze hem weer zien en misschien weer gekust worden. Dromerig staarde ze voor zich uit, haar vork hing slap tussen haar vingers boven haar drinkglas te bengelen in plaats van boven haar bord.

'Gaat het echt wel goed met je Evelyn?' vroeg haar moeder bezorgd.

De jongedame schrok zo erg op uit haar mooie dagdroom dat de vork uit haar hand gleed, recht het glas in. Het water spetterde op.

'Sorry moeder, ik ben alleen een beetje moe, dat is alles.
Ik ga vanavond maar eens vroeg slapen.

Wilt u mij excuseren?'

'Ga maar naar bed, de nachtrust zal je goed doen,' zei James.

Evelyn stond op en schoof de stoel aan tafel. Ze keek naar haar vader. Hij en moeder waren altijd zo bezorgd om haar welzijn. Ze hield niet van liegen, maar het was beter zo. Vader zou het niet accepteren dat ze met een vreemde jongen was weggeweest en daarbij, zouden Gareth en haar vader nog heel veel tijd met elkaar gaan doorbrengen op het schip. Het was beter dat ze niets van elkaars echte bestaan afwisten.

'Welterusten vader, moeder.
Tot morgen.'

Everly Hall, Fernwood

De harde wind raasde over het land. De zomerse westerstorm had als eerste het noordoosten van Engeland bereikt. Het loeide en huilde, donkergrijze wolken dreven voorbij en regen viel met bakken uit de hemel. Alsof het meehuilde met het overlijden van Nathaniel Everly, graaf van Everly Hall en Fernwood.

Lady Prudence liep zelfstandig met haar stok langs het graf van haar zoon. Rupert, haar nu nog enige levende zoon, hield een paraplu boven haar hoofd. De statige begrafenis had een half uur geleden plaatsgevonden in de nabijgelegen kapel op het landgoed. De meeste genodigden hadden zich inmiddels teruggetrokken in het familiehuis voor een gezamenlijk sober diner. De oude gravin gooide een rode roos op de kist. De bloem waar hij zoveel van hield en volop bloeide op het landgoed. Ze passeerde de broers Everly, die nog wat langer bij het graf van hun vader wilden blijven. De oude ogen van de vrouw kruisten de starre ogen van haar kleinzoon Nathan. Ze zag geen verdriet of liefde voor zijn vader. Haat, was de enige emotie. Het onvermijdelijke was gebeurd. Angstige gedachtes kropen in haar hoofd:

Waarom moest hij het hem vertellen voordat hij stierf, oh mijn lieve hemel, wat heeft hij gedaan.
Ik zie het in zijn ogen, bitterheid en pijn.
Dezelfde blik die Nathaniel ook altijd met zich meedroeg.
Oh mijn zoon, waarom kon je niet zwijgen?
Je hebt onze hele familie vervloekt.
Ik wist hoeveel moeite het je kostte dit geheim te bewaren.
Op het eind was je te zwak.

Ik had moeten ingrijpen, nu is het te laat.
Waarom toch?

De oude gravin zakte door haar knieën en greep naar haar hart. Rupert kwam aangesneld met nog een andere man en hielp haar omhoog.

'Blijf hier jongens en neem afscheid van je vader, wij zorgen voor jullie grootmoeder.'

De jongemannen reageerden geschrokken maar deden wat er werd gevraagd. De laatste kans om afscheid te nemen van hun vader was nu. Beiden gooiden een rode roos op de kist en keken zwijgend naar beneden. De regen droop van hun lange mantels. Nathan en David waren de enigen die achtergebleven waren bij de familiebegraafplaats op het Everly landgoed. De jonge dominee was ondanks zijn verdriet tevreden dat hij alles goed had kunnen regelen binnen zo`n afzienbare tijd. Hij keek naar het gegraven gat waarin de kist stond. Het graf was naast die van hun moeder geplaatst die acht jaar geleden onverwacht was overleden. De kist was gemaakt van wit marmer. Zodra het graf werd gedicht met zand werd deze plek afgesloten met een lange platte deksteen waar boven op een buste van Nathaniel zou worden geplaatst. Het beeld stond voor deze gelegenheid opgesteld in de hal. Het was uit één stuk graniet gehouwen. De gelijkenis was zeer treffend. De jongemannen hoorden de wind fluiten. Een vreemde toon alsof vader nog een laatste woord tegen hen wilde zeggen.
Zij dachten beide terug aan de dag dat zij afscheid van hem hadden genomen, drie dagen geleden. Daarna was hij al snel en vredig ingeslapen. De begrafenis die vandaag volgde was sereen en plechtig. David had het niet beter kunnen doen.

Nathan legde zijn hand op de schouder van zijn oudere broer.

'Ik kan hier niet langer blijven.
Ik ga paardrijden, mijn hoofd leegmaken.
Ik kan een tijd wegblijven, ik weet niet waarheen, maar wees niet ongerust.
Ik heb dit nodig, het is mijn manier om dit te verwerken.
Ik weet dat jij anders in elkaar steekt en genoeg hebt aan je geloof, maar ik ben zo niet.'

'Ga maar, ik begrijp je wel Nathan.
Wees voorzichtig, de storm is nog niet geluwd.'

De jongeman knikte hem gedag en wandelde naar de stallen. Het landgoed van de Everly`s was enorm. Prachtig aangelegde tuinen met witmarmeren beelden, vijvers, fonteinen, stromend water dat in cascades naar beneden stroomde. Een aaneenschakeling van bloeiende rozen, magnolia`s en kunst uit de oude Griekse periode verspreid over verschillende hoogte niveaus. En niet alleen in de zomer; er bloeiden bloemen en planten in elk seizoen. Dat was moeders werk, lang geleden, toen zij nog leefde. En net als Nathaniel hield ook zij het meest van de rode roos. Haar wensen en ideeën leefden in deze tuinen voort. Het noordoosten van het landgoed ging geleidelijk over in een groot bosgebied, begroeid met ontelbare hoge varens. Het was al duizenden jaren oud. Het graafschap had zijn naam aan dit bos te danken, *Fernwood*. Nathans bruine haren wapperden in de wind. Een tint donkerder dan die van zijn broer en vader, bijna tegen het zwarte aan. Natte strengen plakten tegen zijn gezicht. Hij trok de kap van zijn mantel verder naar voren over zijn gezicht. Bij de stallen zadelde hij zijn zwarte merrie.

Behendig sprong hij op zijn paard, spoorde het dier flink aan en reed de bossen in.

In vol galop volgde hij het pad, harder en sneller. Het paard hijgde en brieste. Nathan naderde na enkele uren de bosrand en minderde vaart. Hij kon kiezen, naar de zee of de stad. Het werd Valmore, de hoofdstad van het graafschap. Met een rustige draf kwam hij aan bij de levendige plaats. Maar ook hier werd hij op overweldigende wijze herinnerd aan het overlijden van zijn vader. Overal hingen zwarte vlaggen halfstok: bij herbergen, de slager, de hoefsmid en bijna elk huis dat hij passeerde. Hij stopte bij de eerste de beste herberg en bracht zijn paard naar de naastgelegen stal om het te laten rusten en voederen. Hij keek omhoog naar het ijzeren uithangbord dat boven de ingang hing. *The Kings Head*. Nathan schudde zijn hoofd.

Origineel zijn ze hier niet, we hebben op dit moment niet eens een koning.
Of het is een eerbetoon aan de vorige die ze hebben onthoofd, dacht hij sarcastisch.

Hij liep naar binnen en ging zitten aan een rond tafeltje. De waard kwam op hem af.

'U wilt iets drinken, meneer?
Wat mag het zijn?'

'Het beste spul wat je te bieden hebt waard.
Geld speelt geen rol.'

Nathan deed zijn natte mantel af. Zijn chique kledij viel meteen op. De gezette man die hem in eerste instantie niet had herkend, liep zenuwachtig naar zijn voorraad drank. Hij kwam terug met een fles jenever en brandewijn.

'Het beste jaar wat ik voor u in huis heb, jongeheer Everly.'

'Jongeheer?' zei Nathan verontwaardigd alsof er iets in hem werd aangewakkerd.

'Graaf, is mijn nieuwe titel!' brulde hij.

'Want zoals je weet is degene waarvan jij je grond pacht er niet meer, dood en begraven!
Ik neem beide flessen.
Ga heen en laat me met rust.'

De waard droop af. Nathan opende de flessen en dronk de ene na de andere borrel. Maar hoeveel hij ook dronk, datgene wat hij wilde vergeten bleef in zijn gedachte spoken. Dat vreselijke geheim waarmee zijn vader hem had opgezadeld. Hij stond op en in beschonken toestand liep hij naar de bar waar hij slechts één penny in de hand van de waard drukte.

'Hier, een hele penny.
Meer verdien je pas als je mij de volgende keer met de juiste titel aanspreekt, jij onderontwikkelde boerenpummel!'

Strompelend liep hij naar buiten. Hij zwalkte heen en weer, botste tegen iemand op die hij vervolgens uitschold en probeerde te slaan, maar hij was te dronken om hem ook maar enigszins te kunnen raken. Hij hees zich met moeite op zijn paard en raakte in een roes.

Hoe hij weer thuiskwam bij Everly Hall wist hij niet. Zijn paard had waarschijnlijk zelf de weg naar de stal gevonden. De drank steeg opnieuw naar zijn hoofd en duizelig viel hij uit het zadel recht in een plas water. Vloekend stond hij op en vond zijn weg naar binnen. Het moest ergens na middernacht zijn. Het was stil en donker in het grote landhuis. De kaarsen waren uit op enkele grote na die in de hal brandden. Nathan pakte een kandelaar en ontstak de kaars. Hij liep een kleinere kamer binnen waar hij alle andere kaarsen één voor één aanstak. De ruimte werd goudgeel verlicht. Het was de oude werkkamer van zijn vader. Alles stond nog precies op dezelfde plek zoals Nathaniel het had achtergelaten toen hij hier voor het laatst was geweest. Tegen het raam stond zijn werktafel van geïmporteerd Frans eiken. Er lag een boek, nog opengeslagen op de bladzijde waar hij gebleven was. En documenten vol met getallen en berekeningen over de laatste opbrengsten van de vrachtschepen die hij financierde naar de Cariben. Het stond er niet al te best voor. Betere resultaten werden verwacht van het vrachtschip dat binnenkort zou uitvaren vanuit Cornwall, *The Royal Dream*. Naast de tafel stond een mahoniehouten kastje, donkerbruin en glanzend. Daarop stond een kristallen set van wijnglazen en een kan gevuld met rode wijn.

'Een kater heb ik toch al, dan kan ik er net zo goed nog eentje pakken,' zei hij tegen zichzelf.

Hij schonk het glas helemaal tot bovenaan vol en strompelde door het vertrek. Druppels morste hij op de vloer. Hij keek naar de muur waar een groot portret van zijn vader hing in een dikke vergulde lijst. Trots poserend in zijn rode fluwelen tenue met koninklijke onderscheidingen, opgespeld voor zijn trouwe verdiensten. Zijn deftige krullende pruik en zijn blinkende degen in de hand, het familie-erfstuk. De gelijkenis was treffend. Naast hem lag zijn trouwe jachthond *Duke*. Het was enkele jaren geleden geschilderd door één van de beste schilders van het land. Nathan hief zijn glas omhoog en lalde:

'Op jouw vader, op al je leugens en je bedrog.
De man hier op dit schilderij was de vader die ik dacht te kennen.
Ik wilde altijd in je voetsporen treden.
En weet je, als ik dat doe, zal ik net zo`n achterbakse rotzak worden als jij.
Nee vader,' zei hij met overslaande stem.

'Ik word niet zoals jij, ik word groter dan jij ooit zult zijn!
Ze zullen het hier meemaken als ik graaf word.
Op jou, papa lief.'

Hij nam een flinke slok en smeet het glas naar het schilderij. Het restant van de rode wijn kwam precies onder het rechteroog van zijn vader terecht en kronkelde naar beneden, alsof hij tranen van bloed huilde. Nathan begon hysterisch te lachen.

'Je begint het al in te zien, hè vader?
Jij hebt mij gevormd tot wat ik nu ben.
Slechts één kort moment was daarvoor nodig en dat moest je per se doen vlak voor je stierf.
Bedankt vader!'

Nathan liep de kamer uit en smeet de deur met een harde klap dicht.

Trennagan Beach, Cornwall

Voor twee dagen achtereen ontmoetten Gareth en Evelyn elkaar op de afgesproken plek. De tijd vloog voorbij. Sneller dan zij wilden. Zij praatten over alledaagse dingen, kusten en lachten. En telkens weer was daar het nare moment waarop zij terugging naar haar huis en hij alleen achterbleef op het strand.

De vierde dag, de laatste dag voordat Gareth met het schip zou vertrekken samen met haar vader naderde snel. En deze dag zou anders verlopen dan ze verwachtte...

Evelyn mocht het huis niet uit. Een zware storm was op komst. De uitzonderlijke hitte van de afgelopen dagen broeide in de lucht. Vanaf het balkon zag ze de lucht vergrijzen. De eerste regendruppels vielen naar beneden.

'Kom gauw naar binnen en sluit de deur.
We zullen het gewoon uit moeten zingen.
De storm raast de komende uren het land over om daarna weer te verdwijnen.
De tekenen voor morgen zijn gunstig.
Ik kan gelukkig uitvaren,' zei haar vader.

Maar Evelyn had niets aan morgen. Ze wilde naar Gareth nu hij nog hier was. Regen noch wind zouden haar tegenhouden. Zij was een dochter uit het noorden. *Geef nooit op*, was hun motto. James en Emma zaten in de woonkamer. Haar vader was druk bezig met de laatste voorbereidingen voor de lange reis. Vooral papierwerk. Moeder was haar dure jurk nog aan het verstellen.

48

Ik moet weg zien te komen, dacht ze en zocht naar een manier.

'Mama, ik ga naar bed.
Een warm deken zal me goed doen, ik ben nog steeds rillerig.
Misschien heb ik een lichte verkoudheid.'

'In de zomer, kindje?
Jij bent nooit ziek rond deze tijd van het jaar, maar als je je niet goed voelt, neem de tijd en ga slapen.
Wij gaan toch nergens heen met dit weer.'

Evelyn ging haar slaapkamer in en bleef daar een tijdje om geen argwaan op te wekken. Ze stopte een dik deken onder het beddenlaken en vouwde het tot een menselijke vorm. Ze liep naar het raampje en zette deze zo ver open als ze kon, pakte een krukje en keek naar de afstand tot aan de grond. Het was te ver om te springen, maar klimmen kon ze als de beste. Langs de muur groeide een stevige klimop. Ze glimlachte.

Dit gaat lukken.

Ze pakte de onderkant van haar jurk vast, vouwde deze een slag omhoog tot haar middel en bond het vast met een koord. Ze zette haar armen klem in de raamopening en wurmde zich er doorheen. De harde wind kwam haar tegemoet. Lange plukken haar waaiden hinderlijk voor haar gezicht. Normaal gesproken hield ze van de wind die met haar losse langen haren speelde. Maar op een moment zoals deze miste ze haar haarklem. Ze paste maar net door het raampje heen. Een reepje stof van haar jurk scheurde af en viel op de grond van haar kamer.

'Geen tijd, ik moet door,' praatte ze zichzelf moed in.

Ze greep de dikke tak van de klimop en zette haar rechtervoet op een andere brede tak daaronder en voorzichtig klom ze naar beneden. De jurk scheurde verder. De regen viel met bakken uit de hemel. Het hout sneed aan haar handpalmen maar ze zette door en sprong bij het bereiken van de laatste meter op de grond. Evelyn keek nog eenmaal achterom naar het huis. Niemand had iets gemerkt. Ze rende zo hard ze kon naar de kade. Maar de harde gure wind belemmerde haar snelheid. Het floot angstaanjagende tonen. Uitgeput kwam ze aan bij Trennagan Beach, wat zwart kleurde als de nacht. Er was bijna geen onderscheid tussen zand en zee. Ze moest zich oriënteren om te kijken waar de grot was. Een plotselinge lichtflits hoog in de lucht, fel en zigzaggend, deed haar schrikken. En in die korte tijd zag ze Gareth voor de grot staan alsof hij haar aanwezigheid had aangevoeld. Hij kwam meteen op haar afgerend. Evelyn daalde af. Ze liep op slechts enkele meters van de zee, maar werd overvallen door een ijskoude metershoge golf die uit het niets opdook. Een tweede en een derde golf volgden elkaar in hoog tempo op en overspoelden haar van top tot teen. De kracht van het water duwde haar op het zand. Hoestend riep ze Gareths naam. Haar kleren waren zo verzwaard door het water dat ze niet meer op kon staan. Verstijfd van de kou bleef ze roerloos liggen. Golf na golf denderde over haar heen. Gareth kwam snel ter plekke, tilde haar op in zijn armen en droeg haar in de stromende regen naar de grot. Evelyn klappertandde en rilde over haar hele lichaam.

'Oh Evelyn, je had niet moeten komen.
Het is te gevaarlijk, hoe graag ik je ook wil zien.'

In het midden van de beschutte plek had Gareth al eerder op de avond een vuurtje gemaakt. Het was behaaglijk. Hij pakte haar gezicht met beide handen vast en praatte op haar in:

'Evelyn, luister nu heel goed naar mij en doe precies wat ik zeg. Doe je natte kleren uit, alles.'

Evelyn keek hem verward aan.

'Ik ben een gentleman, dat weet je, maar die kleren moeten uit anders raak je onderkoeld.
Ik help je wel als je me toestaat, je kunt me vertrouwen.'

Evelyn knikte. Ze was te verkleumd om ook maar iets te zeggen of zelf te doen. Gareth deed haar klamme jurk uit en legde deze naast het vuurtje. Ze stond nu alleen nog maar in een dun onderjurkje. Gareth deed het kanten kleedje uit, zonder naar beneden te kijken en draaide zich daarna om. Hij bukte, pakte een wollen deken van de grond en draaide zich weer om. Hij kon het niet helpen om toch vluchtig naar haar naakte lichaam te kijken. Ook al stond ze te rillen van de kou, hij kon alleen maar haar schoonheid zien. Ze was mooi. Het bracht hem in de war. Hij schudde zijn hoofd.

Concentreer je, idioot.
Verman je, niet nu.

Snel sloeg hij het deken om haar heen. Evelyn had niets in de gaten gehad. Hij zuchtte opgelucht. Haastig trok hij zijn eigen natte blouse uit en legde deze naast het vuur. Het laatste wat ze nu konden gebruiken was dat hij ook onderkoeld zou raken. Hij ging naast haar zitten, sloeg zijn armen om haar heen en wreef haar ledematen warm. Buiten onweerde het hevig, gedonder, geraas en felle flitsen volgden elkaar in rap tempo op. Het hoge tij was gevaarlijker dan ooit. Hoge golven sloegen tegen de lagere rotsen rondom de ingang van de grot. De westenwind nam in kracht toe. Maar hier in de grot waren ze vooralsnog veilig. De ingang lag drie meter boven het zand. Evelyns gezicht zag spierwit, zweetdruppels gleden over haar voorhoofd. De kou en hitte wisselden elkaar steeds af. Gareth gaf haar water uit zijn drinkfles en bleef haar armen en rug warm wrijven.

Na enkele uren kwam er verandering. Een gezondere kleur verscheen weer op haar wangen en dankbaar keek ze Gareth met flauwe ogen aan.

'Zonder jou had ik het niet overleefd, *mijn Arthur*.
Het was ontzettend stom van me om hier te komen, maar ik wilde je zo graag nog eenmaal zien voor je vertrekt.'

'*Arthur*?
Ik ben geen edele koning, maar gelukkig wel op tijd om je te redden als een echte ridder zou doen.
Blijf zolang het nodig is onder dit deken en warm je aan het vuur, je kleren kunnen ondertussen opdrogen.
En goed nieuws, het ergste van de storm is geweken.
In de verte wordt het al lichter.'

'Gareth, ken je *Tintagel*, die oude ruïne op de top van de kliffen, hier in Cornwall?
Mijn vader vertelde mij toen we daar eens waren, dat het lang geleden een machtig kasteel was.
Een mystieke plek waar volgens de legende koning Arthur is geboren.

Heel dit land leeft op deze legende.

Arthur, Lancelot, Guinevere en Camelot.

Het is niet zo raar dat ik er juist nu aan moet denken, want jij, bent net zoals hem, Arthur.

Rechtvaardig en goed.'

Gareth lachte.

'Dan ben jij zeker Morgana, die was je nog vergeten.

Koppig, eigenwijs, maar betoverend en bloedmooi.'

Hij stond op en gooide nog wat hout op het vuur. Het knetterde. Oranje vonkjes dwarrelden omhoog. Gareth strekte zijn rug en armen, stijf geworden van het lange zitten. Hij voelde aan de kleding op de grond. Het was nog steeds klam. Evelyn keek naar hem. Zijn lichaam zag er sterk en gespierd uit, gehard door het leven wat hij geleid had. Hij had haar verteld dat hij een harde werker was en zelfs diep in de mijnen had geholpen met hak- en sjouwwerk. Gareth warmde zijn handen aan het vuur. De vlammen reflecteerden op iets blinkends dat om zijn hals hing. Het was een ring aan een dunne ketting.

'Wat draag je daar om je nek?

Wat is het verhaal?'

Gareth schrok. De ketting was al zo lang onderdeel van hem, dat hij niet eens meer in de gaten had dat hij het droeg. Hij ging voor haar zitten, deed het sieraad af en liet het haar van dichtbij zien. De ring was zilverkleurig, de rand versierd met een oneindige Keltische knoop. In het midden zat een geslepen lichtgroene steen.

'Wat prachtig Gareth, dit moet heel waardevol zijn.
Hoe kom je hieraan?'

'Twijfel niet aan mij, Evelyn.
Het is niet gestolen, dat verzeker ik je.
Het heeft geen waarde in geld.
Het is namaakzilver, de steen is van glas en de ketting van ijzer.
Het heeft voor mij een andere waarde.
Ik praat er niet graag over.
De ring is van mijn moeder geweest.
Zij kwam uit Schotland en deze ring herinnerde haar altijd aan haar thuis, haar land, dat ze had achtergelaten om een nieuw leven te beginnen.
De slechtste keuze uit haar leven, maar dat is achteraf praten.
Zij was de enige familie die ik had.
Een goede vrouw, liefdevol.
Zij leeft helaas niet meer.
Ik heb haar verloren toen ik twaalf jaar oud was.
Sindsdien leef ik een zwerversbestaan en pak al het werk aan wat er te vinden is.'

'En je vader, leeft hij nog wel?'

'Mijn vader... die heb ik nooit echt goed gekend.
Daar wil ik geen kostbare tijd aan besteden.
Ik ben al lange tijd op mijzelf aangewezen.
Mijn moeder was het enige goede in mijn leven, totdat... totdat ik jou ontmoette.'

Plots keek hij haar op serieuze wijze aan. Hij knielde voor haar.

'Lieve Evelyn, ik weet dat we elkaar pas kort kennen en onze wegen morgen weer uiteengaan.

En jij, jij bent van een rijke afkomst, maar wij horen bij elkaar. Dat weet ik gewoon.

Ik wil je vragen om op mij te wachten tot ik terug ben van deze lange reis.

Niet langer dan tien maanden, hoogstens een jaar hebben ze mij gezegd.

Het is impulsief en misschien vind je het ongepast, maar alles zegt mij dit te doen anders zal ik dit voor altijd betreuren als ik het niet doe.'

Evelyn keek hem niet begrijpend aan. Gareth vouwde haar hand open en legde de ring in haar palm.

'Lieve Evelyn, ik geef je deze ring in de hoop dat je met mij wilt trouwen zodra ik terug ben van deze reis.'

Hij zweeg en keek haar gespannen aan in afwachting op haar antwoord. Evelyn was sprakeloos. Haar ademhaling stokte en het was dit keer niet van de kou. Ze was net zo overrompeld door dit aanzoek als op het moment van haar eerste kus. Haar hart klopte in haar keel. Ze keek hem aan en kon alleen maar zeggen wat ze voelde.

'Ja… Gareth,' stamelde ze.

'Ik zal op je wachten.
En ja… ik wil heel graag met je trouwen.'

Evelyn schoof het deken een stukje naar beneden over haar schouders en liet Gareth de zilverkleurige ketting om haar hals leggen. Een hartstochtelijke kus volgde. Gareth keek haar liefdevol aan en drukte de ring zachtjes tegen haar hals.

'Dit juweel hoort nu bij jou, het is mijn hart dat daarin klopt. Mijn liefde voor jou.
Beloof me, dat wat er ook gebeurt, je deze ring aan niemand laat zien.
Verlies hem niet en draag het altijd om je nek.
Ik weet dat het raar klinkt, maar zoals ik al zei, de waarde staat voor het enige goede in mijn leven en dat wil ik niet kwijt.'

'Ik beloof het je, Gareth.
Ik zal het koesteren en beschermen.'

Plots greep ze zijn hand.

'Er is een manier om contact te houden als je op zee bent.
Ik zal je schrijven, zo veel ik kan.
Zo kunnen we toch samen zijn.'

'Nee, dat zal niet gaan,' zei hij met spijt in zijn stem.

'Ik kan niet lezen of schrijven.'

Een traan gleed over haar wang.

'Maar… we kunnen het anders doen,' zei hij met een glimlach op zijn gezicht.

'Wij zijn beiden noorderlingen, nietwaar?
Ik heb van meneer Oliver, de rechterhand van de kapitein gehoord, dat het schip bij zijn terugreis aanmeert in Yorkshire.

In de haven van Arlow om precies te zijn, nadat het in Cornwall is geweest.
Ik zal daar van boord gaan en je opzoeken bij je familiehuis.
Wat is je achternaam, die heb ik eigenlijk nog nooit gevraagd?'

Plots hoorde hij een klik vlak achter zijn hoofd. Hij draaide zich om en keek recht in de loop van een pistool.

'Haar naam is Barley, dochter van de kapitein.'

Een lange jongeman met stug rossig haar keek hem met een woeste blik in zijn ogen aan. Achter hem stond meneer Oliver met een degen in zijn hand en in zijn andere hield hij een brandende fakkel.

'Laat haar gaan, klaploper!' zei de rossige jongen.

'Jonge rijke meisjes verleiden en bestelen, kun je wel?
Dacht je werkelijk ongezien je gang te kunnen gaan?
Meekomen jij, dan kun je de binnenmuren van je cel gaan bekijken!'

De jongen trok Gareth ruw omhoog bij zijn arm en sloeg hem met de vuist tegen zijn wang. Gareth incasseerde de klap met een grom en wilde hem terugslaan, maar Evelyn kwam tussen beiden. Het wollen deken nog stevig om haar heen geklemd.

'Lance, laat hem gaan en houd dat pistool naar beneden voordat er ongelukken gebeuren.
Het is niet wat je denkt.
Hij heeft mij juist gered, zonder hem was ik onderkoeld geraakt en waarschijnlijk gestorven.'

Meneer Oliver greep in, haalde de beide mannen uit elkaar en ging vlak voor Gareth staan.

'Matroosje, niet gedacht dat je nu al in de problemen zou komen.
Het schip is nog niet eens vertrokken en er is al wat gebeurd!'

De oudere man met het ooglapje keek schuin naar Evelyn.

'Is het waar wat je zegt?
Heeft hij je gered en met geen vinger aangeraakt?'

'Hij is een ware gentleman, dat kunt u aan mijn vader vertellen.
Heel anders dan deze bruut hier die zomaar mijn redder neerslaat.
Ik had beter van je verwacht, hoofd matroos Lance Castlerigg.'

De jongen keek haar beschaamd aan, maar gunde Gareth niet zijn excuses. Gareth keek naar Evelyn.

Waarom heb je me niet verteld wie je echt bent en wie je vader is?

Evelyn las zijn gedachten.

'Laat mij even alleen, zodat ik mij kan aankleden en mijn redder kan bedanken, dan ga ik met jullie mee terug naar huis.'

De mannen deden wat ze vroeg en wachtten bij de ingang van de grot.

'Gareth,' fluisterde ze.

'Je zult je afvragen waarom ik heb verzwegen wie ik ben.

Ik wilde geen band scheppen tussen jou en mijn vader.

Een ongemakkelijke band, wat ertoe zou kunnen leiden dat hij jou niet als man voor zijn jonge dochter zal accepteren.

Ik wilde je dit besparen uit liefde.

Mijn vader zal weten wie je bent, mijn redder in nood, meer niet.

De rest, is ons geheim.

Voor nu is het beter zo.'

'Misschien, maar dat zal mij er niet van weerhouden je op te zoeken.

Over een jaar sta ik voor je deur.

Ik was nooit van plan om terug te keren naar het noorden, zeker niet naar Fernwood, maar voor jou doe ik alles.

Wees niet bang.

Ik zal mijzelf bewijzen aan je vader tijdens de reis en als de tijd er rijp voor is, zal ik hem om je hand vragen.

Niet op het schip, maar bij je eigen familiehuis.

Waar woon je precies, vertel het me.'

Evelyn keek in zijn vastberaden ogen en vertelde hem wat hij wilde weten:

'Ken je *High Heather Top*, de kliffen bij Stonebridge?

Dat is de plek waar ik woon.

In een groot wit bepleisterd huis omringd door paarse heide met uitzicht over de zee.

Ik zal over tien maanden elke dag daar staan zoals jij hier op mij hebt gewacht.

Net zolang tot je weer bij me bent en ik je weer in mijn armen kan sluiten.'

Evelyn kuste hem teder.

'Morgen als ik mijn vader uitzwaai, denk dan aan deze afscheidskus.
Ik ga me nu omkleden.
Zou je even om willen draaien?'

Gareth draaide zich met moeite om. Ze trok haar opgedroogde kleren aan en lachte in zichzelf.

'En Gareth, ik vind het niet erg dat je eerder vandaag toch stiekem naar mij hebt gegluurd.
Je blijft hoe dan ook een echte gentleman.'

Ze gaf hem nog een kus en knipoogde naar Gareth die sprakeloos achterbleef. Ze vertrok met meneer Oliver en Lance uit de grot.

Oh Evelyn, je moest eens weten hoeveel langer ik nog had willen kijken, dacht hij met een glimlach.

Zijn mooie gedachten werden ruw verstoord door Lance die plots de grot weer was ingelopen en dreigend voor hem ging staan.

'Vroeg of laat ga je de fout in en dan zal ik er als eerste bij zijn om je hoogstpersoonlijk de cel in te smijten, dat is een belofte.'

Hij gaf hem een harde duw tegen zijn schouder. Gareth greep hem bij zijn kraag.

'Je kunt jezelf van alles wijsmaken en mij bedreigen, maar dat maakt jou niet meer mans, slappeling...'

Maar voordat hij zijn zin kon afmaken, trok Lance zich met een ruk van hem los en verliet zwijgend de grot. Gareth keek hem hoofdschuddend na en maakte in zijn gedachte de zin af die hij tegen hem wilde zeggen:

...en Evelyn zul je nooit krijgen, zij is van mij!

Die avond keerde Evelyn terug naar haar huis, waar haar moeder haar in de armen sloot om haar vervolgens een flinke uitbrander te geven.

'Wat was je van plan?
Je bleef zo lang in je slaapkamer, dat ik ging kijken of alles wel goed met je ging.
Toen ik binnenkwam stond het raam open.
Ik vond enkel een voorgevormd deken en een reep stof van je jurk op de grond.
Vader heeft meteen Lance laten komen om je te zoeken, samen met meneer Oliver.
Zo`n goede jongen, die Lance.
Vertel me alles wat is gebeurd!'

Evelyn vertelde haar wat ze wilde horen, een goed verhaal gebaseerd op leugens.

'Ik wilde de storm zien, ik wilde zelf ervaren hoe krachtig de natuur kon zijn.
Ik wilde net zo sterk zijn als papa op zijn schip, de natuur trotserend.

Het was dom van me.
Een matroos, die morgen met papa meevaart, heeft mij gered.
Zijn naam is Gareth, een echte held.
En Lance, die sloeg hem, omdat hij verkeerd over hem dacht.'

En hij is zeker geen Lancelot, die naam is hij niet waardig.

'Vader moet hem hier echt op aanspreken.'

'Dat heb ik zojuist al gedaan,' riep James die haar kant op kwam.

'Je moet het hem niet kwalijk nemen.
Er lopen hier genoeg ongure types rond, mannen die jonge dames zoals jij wel wat willen aandoen.
Lance is mij al jaren trouw, een goede jongen, dat weet je.
Je hebt veel geluk gehad.
Ik zal Gareths dappere actie niet vergeten, daar kun je van op aan.'

'Dank u vader, dat verdient hij ook.
Hij is een echte held.
U zult veel aan hem hebben tijdens de reis, dat voel ik.'

Evelyn viel die avond snel in slaap, haar hand om de ring geklemd.
Gareth zat nog lang rond het kampvuur, de dag te laten bezinken. Morgen was het afscheid en dat lag hem zwaar op het hart.

De volgende ochtend was aangebroken. *The Royal Dream* lag aangemeerd in de haven van Trennagan. Het was een indrukwekkende driemaster, groot en majestueus, het pronkstuk van heel Cornwall en ver daarbuiten. Spierwitte zeilen wapperden in de wind, net als de Engelse vlag die aan de hoogste mast was gehesen. Het boegbeeld voor op het schip had zelfs iets bovennatuurlijks. Een metershoog groen geverfd houten beeld van een Triton met een spitse kroon van goud en een ijzeren drietand in zijn rechterhand.

Het was een drukte van jewelste. De kade stond vol met mensen, met name vrouwen en kinderen die afscheid namen van hun dierbaren. De tranen vloeiden rijkelijk en laatste omhelzingen volgden. Evelyn kwam met haar moeder aangelopen op zoek naar haar vader. Hij zag hen en kwam op ze af. Hij was gekleed in uniform. Witte broek, hoge zwarte laarzen, bruine riem met daaraan een degen, een donkerblauw colbert met gouden knopen en een donkerblauwe steek op zijn hoofd. Zijn haren strak op een staart gebonden. Hij was klaar voor de reis.

'Niet meer dan een jaar.

Jullie zullen het zien, het vliegt voorbij.

En jij, Evelyn, zal dan een volwassen vrouw zijn, achttien jaar. Klaar voor je eerste balfeest, dat is iets wat ik zeker niet wil missen.

En ik weet wel een goede begeleider,' zei hij terwijl hij schuin naar het schip keek waar Lance net aan boord ging.

Evelyn huiverde bij de gedachte. Vader had altijd al een zwak voor die jongen gehad. Zijn vader was zijn beste vriend. Hij was van middenklasse adel, nu nog een matroos, eersterangs, maar in de toekomst verzekerd van een hogere positie. Maar ze voelde niets voor hem. Vader was een slimme man, maar hier had hij het mis en kende hij zijn dochter totaal niet. Gareth was de ware, daar kon Lance noch haar vader iets aan veranderen. James nam ook afscheid van zijn vrouw.

'En jij Emma, zal over een jaar nog mooier, slimmer en wijzer zijn dan het jaar ervoor.'

'Charmeur,' giechelde ze.

James gaf zijn vrouw een afscheidskus en gaf Evelyn er één op haar wang. In de verte zag Evelyn een bekend gezicht en haar hart leek een slag over te slaan. Het was Gareth. James zag naar wie zijn dochter keek en wenkte hem.

'Nogmaals bedankt voor gisterenavond en mijn oprechte excuses voor de klap tegen je gezicht.'

Gareths wang was dik en opgezwollen, maar hij liet zich niet kennen en glimlachte.

'Niets te danken, meneer Barley.
Sorry, kapitein Barley, ik deed enkel mijn plicht.'

Hij keek daarbij naar Evelyn met zijn indringende blauwe ogen en maakte een korte buiging naar haar.

'Ik hoop dat u een goede nachtrust heeft gehad, mejuffrouw Barley?'

'Zeer zeker, meneer Palmer, dank u.
Ik wens u een zeer voorspoedige vaart en daarna... een veilige reis terug, naar uw eigen plek waar dat ook moge zijn, waar liefdevolle mensen op uw komst zullen wachten.'

Ze raakte haar hals aan op de plek waar de ring verborgen hing onder haar jurk.

'Dat weet ik wel zeker,' zei hij met een knipoog.

Hij stak zijn hand in de binnenzak van zijn jas en haalde er een klein voorwerp uit.

'Ik heb nog iets wat volgens mij van u is.
Ik heb het gevonden op het strand.'

Gareth overhandigde haar de parelmoeren haarklem. Ze glimlachte en dacht terug aan die mooie dag op het strand waarop ze hem verloor.

'Dank u wel, meneer Palmer.
Ik moet het ergens verloren hebben tijdens de storm.'

'Niets te danken, mejuffrouw.'

Hij kuste haar handschoen en vertrok samen met haar vader, meneer Oliver en Lance en al die andere mannen, op reis naar de andere kant van de wereld. Het exotische Jamaica.

Niet langer dan een jaar, dan kwam hij weer terug. Ze zwaaide met ingehouden tranen. Gareth kon alleen maar naar haar kijken vanaf de reling van het schip. Hij wilde haar precies herinneren zoals hij haar nu voor zich zag. Mooi, vrolijk, in de bloei van haar leven. Dat beeld hield hij vast. Hij bleef kijken tot ze niets meer was dan een kleine stip op de kade.

Het schip voer uit en verdween achter de horizon.

Nu pas huilde Evelyn. Emma omarmde haar dochter.

'Het komt goed, meisje.
Je vader komt altijd bij ons terug, dat weet je.'

Ja, hij komt bij mij terug, net als Gareth.

Juli 1656, The Royal Dream, Atlantische Oceaan

Gareth leunde over de reling van het schip. De zomerzon brandde in zijn nek. Maar pijn voelde hij niet meer, niet zo erg als in het begin van de reis. Zijn lichte Engelse huid verbrandde de eerste dagen, maar harde zich en werd geleidelijk aan bruiner. Hij keek naar een groep dolfijnen die steeds dichterbij kwam; grijze dieren met glimmende huiden en vrolijke snuiten.

Wonderlijke wezens.

Lang geleden had hij eens een dolfijn op een schilderij gezien, maar dat was niets vergeleken bij wat hij hier met eigen ogen aanschouwde. Hij voelde zich nietig bij deze dieren. Het was alsof zij bovenaards waren. Bijna goddelijk. Na weken varen op de oceaan drong het nu pas echt tot hem door hoe immens groot en oneindig het hier was. En volop leven, unieke diersoorten die zijn verstand ver te boven ging.

Een matroos, die hij gaandeweg had leren kennen en veel mee samenwerkte aan boord, was aan het schetsen in een boek. Zijn naam was Riley, een vrolijke Ier met ravenzwart haar en grote blauwe ogen. Telkens als zij een aparte vogel, zeedier en nu, een dolfijn tegenkwamen, begon hij op verzoek van de kapitein te tekenen. De kapitein wilde een uitgebreid verslag van de reis en daar hoorden deze schetsen zeker bij. Het was het bewijs voor de onwetende adel dat er meer dan mosselen en sardientjes in de oceaan leefden. De kapitein was trots dat hij degene was die dit met de wereld mocht delen. Riley`s tekeningen waren zeer gedetailleerd. Gareth staarde naar de schets van de dolfijn, met name naar de staart. Het was elegant en had veel weg van het onderlijf van een zeemeermin. Gareth begon in te zien dat het dier sommige zeelui in verwarring kon brengen.

Daar komen dus al die verhalen vandaan over zeemeerminnen, lachte hij in zichzelf.

Plots stond Riley op.

'Kijk daar Gareth, meeuwen en land!'

In de verte doken kleine groene stipjes op. Een eilandengroep, De Azoren. Gareth keek omhoog naar de helderblauwe lucht en zag honderden zeemeeuwen. Hun vleugelspanwijdte was langer dan hij ooit had gezien en spierwit door het licht van de zon. Meneer Oliver zou deze middag meer uitleg gaan geven over deze bijzondere locatie in de Atlantische oceaan. Hier, midden in deze grote blauwe wereld was land. Er leefden zelfs mensen, ver weg van de beschaafde wereld.

Of juist niet, dacht hij.

Wat is beschaving?
De Engelsen voeren constant oorlog.
Tegen de Hollanders, dan weer tegen de Fransen of de Spanjaarden, en voor wat?
Nieuw land aan de andere kant van de wereld?
Gebieden veroveren uit naam van hun koning?
Onbewoonbare eilanden zoals deze hier bezetten en vullen met slaven uit het westelijke Afrika.
Beschaving!
Ze luisteren niet eens naar hun eigen volk!

Gareth schudde zijn hoofd. Hij was opgelucht om ver weg te zijn van het regime in zijn eigen land. Het leven op zee was anders. Het was hard werken op het schip, toch voelde hij zich vrij. Maar nu de Azoren naderden en hij meer te weten kwam over de turbulente geschiedenis, begon hij steeds meer afkeer te voelen voor de rijke adel en politiek. Gelukkig was de kapitein een rechtvaardig man die enkel wilde handelen in goederen en niet in mensen. Bij de gedachte aan de kapitein dacht Gareth automatisch aan zijn dochter. Hij miste *haar*. Er ging geen dag voorbij dat hij niet aan Evelyn dacht en haar mooie gezicht voor zich zag.

Wat zou ze nu doen?
Wandelen over het strand van Trennagan?
Oh lieve Evelyn.

'Palmer, jij luie bastaard, wakker worden!
Palmer!'

Gareth voelde een harde duw in zijn rug. Hij kende de venijnige stem die zijn dagdroom verstoorde. Gareth draaide zich met een ruk om en keek in het norse gezicht van een oude bekende. De rossige matroos eersteklas Lance Castlerigg die hem bij Trennagan Beach een harde klap had verkocht. Hij mocht hem niet. Hij pareerde hier rond alsof hij de kapitein zelf was. Alleen omdat hij langer diende dan de meesten hier en uit een rijke familie kwam die op goede voet leefde met de kapitein? Lance kwam dichter bij hem staan. Hij was een kop groter dan Gareth, die ook zeker niet de kleinste was. Hij had de bijnaam *De Rossige Reus* onder de bemanning wat hem uitermate irriteerde.

'Je moet naar het voordek, opschieten!' brulde hij.

Hij bukte en fluisterde in zijn oor:

'Ik weet wel waar jij aan denkt, vuile rotzak.
De kapiteinsdochter zeker?
Die gedachten zijn verboden voor jou.
Zij is veel te hoog gegrepen voor je.
De kapitein gelooft je misschien, maar ik niet, uitschot!
Ik krijg jou nog wel, de reis duurt nog lang genoeg.'

Gareth liet zich niet intimideren en keek hem recht aan.

'Waar ik over droom zijn jouw zaken niet.
En verantwoording leg ik alleen af aan de kapitein en meneer Oliver.
Dat je geboren bent met een gouden paplepel in je mond, maakt je nog niet mijn meerdere.
Bewijs eerst maar eens dat je echt wat kan.
Ik zie je alleen maar anderen commanderen, maar de handen uit de mouwen steken, hó maar!
Je gezicht is nog net zo bleek als toen je vertrok, dat zegt genoeg.'

Lance keek hem vals aan en gromde. Hij wendde zich van hem af en stootte daarbij opzettelijk hard tegen zijn schouder. Gareth balde zijn vuisten en kon zich met moeite inhouden. Lance probeerde hem al vaker uit de tent te lokken sinds zij aan boord waren gegaan. Hij moest hem goed in de gaten houden.

'Hij moet jou wel hebben,' riep Tom Carver, een hoogblonde jongen van nog geen vijftien jaar uit Dorset, maar pienter voor zijn leeftijd.

'Ik weet niet wat je hem geflikt hebt, maar die valse ogen van hem loeren altijd naar jou.'

'Houd het er maar op dat we elkaar eerder hebben ontmoet.
Aan land, een misverstand, waarvan hij de feiten maar niet kan accepteren.
Meer wil ik er niet over kwijt.
Kom Tom, we gaan naar het dek, ik zie de kapitein al.'

Samen liepen ze naar het voordek waar de anderen ook verzamelden. Naast hen kwam de Ierse Riley staan. Op een verhoging stond kapitein James Barley en rechts van hem, zijn rechterhand en kwartiermeester meneer Oliver, die als eerste het woord nam.

'Matrozen en dekzwabbers, iedereen, luister goed.
Binnen enkele dagen naderen wij de eilanden van de Azoren.
Voor één ieder die niet weet wat dit zijn, volgt hier een kort lesje en knoop het goed in jullie oren:
De Azoren behoren tot de Portugese kroon, vergeet dat nooit ofte nimmer!
Zeventien vulkanische eilanden, maar niet allemaal bewoond.
Slechts negen, en de grootste daarvan is ons doel, Sao Miguel.
We zullen aanmeren in de havenstad Ponta Delgada.
Kapitein Miguel Astrodos en zijn mannen zullen ons daar verwelkomen.
Wij hebben met deze Portugezen een winstgevend handelsverdrag gesloten en hebben daarom toestemming om aan land te gaan.
Maar pas op, het blijven Portugezen!
Eén misstap van onze kant en we kunnen fluiten naar onze centen en het verdrag.

Dit is onze allereerste stop, maar het is nog lang niet onze eindbestemming.

Dit eiland is slechts een kleine handelspost.

Wij blijven hier niet langer dan nodig is, hooguit één, misschien twee weken.

Als jullie hard genoeg werken zullen jullie je eerste loon ontvangen.

En wat gaan jullie hier dan doen, zie ik jullie denken.

Luister, stelletje groentjes!

De bewoners hier moeten het niet hebben van hun grond, deze is niet vruchtbaar genoeg om groenten te telen, er groeit hier slechts fruit.

Daarom biedt dit voor ons een uitstekende kans om te handelen.

Wij geven hen onze Engelse groenten, granen en kleding en in ruil daarvoor krijgen wij druiven, ananas, bananen en thee, bestemd voor de Engelse markt.

Maar let goed op, deze handelswaar is bederfelijk en daarom moeten wij binnen de tijd dat we hier zijn al het fruit inladen in de lege kisten die we hebben meegenomen.

Daarna is het wachten op het vrachtschip van kapitein Thornton die deze kisten mee terugneemt naar Engeland om de inhoud zo snel mogelijk te verkopen op de markt.

De winst daarvan zal de zakken vullen.

Vooral voor de financiers van deze reis, maar ook wij krijgen een mooi percentage.

Naast winst zullen we ook kosten moeten maken, vooral het aanvullen van onze eigen voorraden.

Kapitein Astrodos verkoopt ons zijn walvisvlees en geeft ons fruit en vers water zodat we onze magen weer kunnen vullen.

De ligging van ons schip in deze haven is ook niet gratis.

Dus, laad zo snel mogelijk in als jullie kunnen.

En let op, zodra jullie van boord gaan gelden er regels.

Degenen die deze niet opvolgen, krijgen geen tweede kans en krijgen de zwaarste straf die hiervoor geldt.

Regel één: steel niets van de lokale bevolking en respecteer hun bijzondere leefwijze.

Portugezen, Vlamingen en slaven uit Senegal wonen hier samen zonder onderscheid tussen arm en rijk, rang of stand.

Een unieke wereld waar we nog wat van kunnen leren.

Regel twee: Je laat de vrouwen met rust.

Geen brute avances en buitensporige escapades.

Is dat duidelijk?'

'Ja, meneer Oliver,' riep iedereen luidkeels.

'Regel drie: als je s` avonds niet op tijd terug bent aan boord van het schip en je jezelf liever wilt bezatten aan de rum, kun je hier blijven en mogen de Portugezen je hebben.

Is dat duidelijk?'

'Ja, meneer Oliver,' riepen zij weer.

Kapitein Barley, die naast de kwartiermeester stond, klopte hem op zijn schouder.

'Goed gesproken, streng maar rechtvaardig.'

James keek naar zijn bemanning. Bijna honderd matrozen, het merendeel jongemannen. Voor de meesten onder hen was het een eerste echte ervaring met de zee en het harde werk. Een kwart was al zeeziek geworden tijdens de eerste weken, anderen kregen last van heimwee. En nu ze hier waren op het eiland zouden ze opnieuw getest worden. Hij moest streng voor ze zijn.

Discipline was harde noodzaak. Hij nam het woord over van meneer Oliver:

'Luister allemaal goed, er is nog veel te doen voordat we de haven binnenvaren.

Wees volwassen en sterk en weet dat we er nog lang niet zijn.

Na de Azoren volgt een langere vaart naar Kaapverdië, waar we drie of vier weken zullen blijven en daarna een maandenlange reis die ons uiteindelijk naar Jamaica zal brengen.

Jullie hebben allemaal gekozen voor deze reis en dit werk.

En deze eerste stop zal voor iedereen een beproeving zijn.

Hier zal worden bepaald of je een echte man wordt of een jongen blijft.

Ik verwacht over een week uit te kunnen varen en hoop dat ik dan naar dezelfde gezichten kan kijken die ik nu voor me zie.

Maar dan wijzer en een ervaring rijker.

En… vergeet niet de kist met gouden munten aan boord.

De Cromwell Munten.

Werk hard, dan zullen jullie binnenkort je tanden in één ervan gaan zetten.

Kijk vooruit en leer van deze dagen.

Respecteer je meerdere en houd je aan de regels.

En nu, aan het werk!

Maak me trots jongens en dat de rum je zal smaken.'

Huize Barley, Trennagan, Cornwall

Evelyn zat aan de werktafel van haar vader en las de brief na die ze zojuist had geschreven. Een traan gleed over haar wang:

Lieve Gareth,

Ik schrijf je deze brief, niet om hem op te sturen, maar om mijn hart te luchten.
Deze woorden op papier kun je niet lezen en dat spijt mij, maar deze woorden heb jij niet nodig om te weten dat ik aan je denk en van je hou.
Waar je op dit moment ook bent, ergens in de wijde wereld.
Ik ben je trouw, ik ben je verloofde en je ring draag ik dag en nacht bij me.
Het voelt alsof je hart dan altijd bij me is.
Ik weet dat de ring heel veel voor je betekent en hou daarom alleen nog maar meer van je.
Ik hoop dat de zeereis je geeft waar je zo naar verlangde. Vrijheid en een nieuwe kans.
Ik ben verheugd dat mijn vader je goedheid inzag op die stormachtige dag, hier in Trennagan.
Dat je een echte gentleman bent en mij met het volste respect hebt behandeld.
Mijn vader zal je goede karakter leren kennen tijdens de reis.
En over een jaar, als jullie beiden terugkeren, zal hij zeker zijn zegen geven voor ons huwelijk.

Ik wacht op je en ik hou van je met heel mijn hart,

Jouw Evelyn.

Evelyn stopte de brief in een blanco envelop en legde het weg. Ze pakte een tweede vel en begon een nieuwe brief te schrijven. Dit keer aan haar vader:

Lieve vader,

Ik schrijf u deze brief zodat u op de hoogte blijft van alles wat er hier in uw geliefde Engeland afspeelt.
U zult nu al ver op zee zijn en ik mis u, maar ik weet dat u net als bij voorgaande jaren, weer veilig bij ons terugkomt en ons zal verblijden met de meest fantastische verhalen over al die exotische plekken waar u heen vaart.
Ikzelf probeer ook niet stil te zitten en help moeder met het huishouden zoveel ik kan.
We zijn druk bezig met de voorbereidingen voor onze terugkeer naar Stonebridge over twee weken.
Ik zal ons zomerhuis in Cornwall zeker gaan missen, maar de tijd is aangebroken om weer naar mijn geboortehuis te gaan.
Moeder is al dagen in rep en roer over wat ze dit keer wel of niet mee zal nemen en of het allemaal wel zal passen in en op de koets.
Of meerdere koetsen als je haar woord moet geloven.
Ik heb nog wel tragisch nieuws uit Fernwood te horen gekregen van mejuffrouw Foster.
U weet wel, die deftige jongedame uit Valmore.
Lady Angelica kwam ik tegen op de markt.
Zij was op bezoek bij haar nicht in Bodmin en weer deftig met haar woorden en stijlvol gekleed zoals altijd.
Maar dit keer praatte ze niet over de laatste mode uit Londen en Parijs.
Het ging over Everly Hall.
Een zeer verdrietige mededeling die ik u moet vertellen.

Ten tijde van uw vertrek hier in Trennagan, is er plotseling iemand overleden.

Niemand minder dan graaf Nathaniel Everly.

Ik was geschokt door het nieuws.

Hij was gewond geraakt door een val van zijn paard.

Iedereen hoopte dat hij zou genezen van zijn verwondingen, maar het was erger dan zij voor mogelijk hielden.

Mejuffrouw Foster vertelde dat ze de begrafenis had bijgewoond die sober en zeer plechtig verliep.

Deze werd uitgevoerd door de oudste zoon David.

Zij vertelde mij ook dat de jongste zoon, Nathan, de nieuwe graaf wordt zodra hij eenentwintig jaar is.

Voor nu is Rupert Everly tijdelijk voogd en graaf.

Maar er is niet alleen droefenis te melden.

Diezelfde Nathan gaat over een maand trouwen met Evina Cassington, de bankiersdochter uit Lannybrock, York.

Moeder en ik zijn uitgenodigd voor de kerkelijke inzegening en de receptie op het landhuis!

Het wordt zeker een huwelijk als uit een sprookje en als ik slechts een glimp van het bruidspaar mag opvangen, zou mij dat al gelukkig prijzen.

Dit was het voor nu vader.

Ik schrijf u binnenkort weer, zoveel en zo vaak ik kan.

Veel liefs,

Uw Evelyn.

Twee weken later

'Waar is de brief?

Waar heb ik het gelaten?' riep ze met paniekerige stem.

Evelyn doorzocht haar kamer, haalde alle kastjes overhoop maar kon het nergens vinden. Met de handen in het haar liep ze ijsberend door de ruimte.

'Hoe kon ik zo stom zijn!

Ik weet zeker dat ik de brief in de bovenste la van mijn dressoir heb gelegd en het daarna op slot heb gedraaid.

Althans dat dacht ik, maar de la is leeg.

Heel ons huis is ook één verschrikkelijke puinhoop.

Overal staan ingepakte dozen, alle tafels en stoelen verplaatst, ik kan zelfs mijn eigen kleding niet meer terugvinden!

Moeder ook altijd met haar zenuwachtige gedoe, alsof ze nog nooit op reis is geweest.

Jarenlang reisden we in de zomer naar Hovershire in Cornwall om te logeren in het landhuis van mijn flamboyante oom Talton, maar nu we een eigen zomerhuis hebben is ze compleet hysterisch!

Ze zou hier inmiddels toch wel gewend aan moeten zijn?'

Evelyn liep naar de andere kamer en wrong zich tussen de grote dozen, op zoek naar de brief. Niets. Evelyn plofte moedeloos op een stoel en huilde. Van alle spullen in het huis, was juist een vel papier het meest waardevolle voor haar. De brief die ze aan Gareth had geschreven. Daarmee hield ze hun liefde in stand. Persoonlijk en vertrouwelijk, recht uit haar hart. Ze wist dat moeder de brief, bedoeld voor haar vader, enkele weken geleden had meegegeven aan kapitein Thornton die met zijn vrachtschip zou vertrekken naar de Azoren. Maar waar was de andere? Emma kwam de kamer binnen en keek naar haar huilende dochter.

'Liefje, wat is er aan de hand?'

'Mama, ik ben iets kwijt, iets waardevols.'

'Wat is het meisje?'

'Mijn hart mama, mijn hart, de woorden uit mijn hart…'

Augustus 1656, Ponta Delgada, Azoren

Er waren slechts vier dagen verstreken en er hadden al incidenten plaatsgevonden waar de kapitein voor vreesde. De kapitein wilde een eenheid zien onder de bemanning van *The Royal Dream*, maar daarin waren onontkoombare barsten ontstaan. Vijf jonge matrozen konden op het eiland de verleidingen die het te bieden had niet weerstaan. Hun onervarenheid en jonge leeftijd speelden hen parten. Hij had hen de keuze gegeven, een man worden of een jongen blijven die orde en gezag negeerde. Degenen die gefaald hadden kregen nu te maken met de harde realiteit. De jongens, variërend in de leeftijd van veertien tot twintig jaar, waren gearresteerd en in het gevang gezet, bewaakt door de mannen van kapitein Astrodos. Het eerste loon dat zij hadden verdiend was meteen opgegaan aan drank, gokspellen en aan lokale hoeren. Vooral de grote aantallen bekers rum, drank die zij niet gewend waren, maakte hen baldadig. Er waren enkele vrouwen verkracht, en geld en juwelen gestolen uit huizen. Daaruit volgden vechtpartijen met lokale bewoners en met de Portugese soldaten. Zij hadden hun plicht verzaakt. Kapitein Barley had bij aanvang van de reis gezegd dat hij streng, maar rechtvaardig was, vasthield aan eerlijkheid, maar keihard zou optreden als men zich niet aan de regels hield. Zodra hij hoorde van de misstappen, moest hij zich aan zijn woord houden. Het voelde als een steek in zijn hart, maar hij had geen andere keuze dan de jongens over te dragen aan de Portugese kapitein. Voor hen eindigde hier de reis en kregen zij te maken met zware straffen, uiteenlopend van lijfstraffen, dwangarbeid en in het ergste geval de strop. Het merendeel van de bemanning was wel op het rechte pad gebleven, maar de reis was pas net begonnen. Er lagen nog meer verlokkingen op de loer.

Gareth zag ze gaan, de jongens van zijn eigen leeftijd. Geboeid afgevoerd naar hun cel. Jongens die hij had leren kennen en waar hij zeker een maand mee had samengewerkt. Zij waren zwak, gevoelig voor het korte moment van zogenaamde vrijheid die hen werd geschonken zodra zij voet aan wal zetten. Orde en gezag verdwenen uit hun systeem. Gareth was sterker dan hen, harder voor zichzelf. Ook hij zag die verlokkingen, het exotische van deze nieuwe wereld en vooral de vreemde vrouwen. Maar hoe mooi of anders zij ook waren met hun donkere huid en lange zwarte krulharen, het deed hem niks. Niemand haalde het bij Evelyn. De gedachte aan haar hield hem sterk.

Meneer Oliver rookte een pijp en observeerde de eigenzinnige jongeman.

'Er zijn werkpaarden en paarden, maar deze hier is een raspaard. Ik heb nog nooit iemand zo hard zien werken als deze knaap. Hij werkt uren aan één stuk door zonder te klagen.'

'Je hebt gelijk, hij is iemand om in de gaten te houden,' zei James die nieuwe tabak in zijn pijp deed en het aanstak.

'Werkten ze allemaal maar zo hard als hem.
Helaas is het leven niet zo rooskleurig, we zijn vijf jonge matrozen kwijt.
Ik zal brieven moeten schrijven aan hun families en uitleggen wat hun zonen hebben misdaan.

Morgen meert hier *The White Seagull* aan van Kapitein Henry Thornton.

Ik zal hem onze brieven meegeven naast de kisten fruit die wij hebben klaargezet bij de haven.

Ik weet dat hij op zijn beurt stapels brieven uit Engeland voor ons meeneemt.

Eindelijk wat te lezen van het thuisfront.

Kapitein Thornton ken ik al vele jaren, hij verlaat Cornwall niet voordat hij hoogstpersoonlijk langs elk huis is gegaan om post te verzamelen.'

'Brieven zijn goed James, zij doorbreken de cirkel waarin wij verkeren.

Zij houden ons met beide voeten op de grond en laten ons weten dat er nog een leven is naast dit bestaan op zee.'

'Zo is het, meneer Oliver.'

Een dag later arriveerde het schip en zoals verwacht werd een flinke stapel brieven afgegeven door kapitein Thornton. Barley`s mannen laadden op hun beurt de zware houten vrachtkisten in op zijn schip.

Na Thorntons vertrek was de tijd aangebroken voor kapitein Barley om ook te vertrekken. Zijn werk op het eiland zat erop. Nadat iedereen aan boord was gegaan van *The Royal Dream* en de zeilen werden gehesen, vertrok het schip naar een nieuwe bestemming. Kaapverdië. Een lange tocht van zeker twee maanden. Naar een nieuwe eilandengroep verder zuidwaarts in de Atlantische Oceaan waar zij een maand zouden verblijven. Als alles volgens plan zou verlopen zouden zij daarna doorvaren naar Jamaica en daar arriveren voordat de winter zijn intrede deed.

Twee dagen waren sindsdien verstreken na het vertrek uit de Azoren en het schip zette verder koers naar het zuiden.

De kapitein was tevreden, ondanks het verlies van zijn vijf mannen. De vracht was geleverd, hun eigen voorraad aangevuld en de post van het thuisfront op tijd ontvangen. James ging naar zijn kajuit en zag op zijn bureau twee brieven liggen, gebonden door een touwtje met een stevige knoop.

Lieve Emma, je brieven zijn een ware schat voor mij, lachte hij in zichzelf.

De kapitein had nog geen tijd gehad ze te lezen. Misschien was nu het juiste moment, maar een kabaal leidde zijn aandacht af. Geschreeuw, gelach. Hij stond op en keek door de deuropening naar wat er speelde. Aan dek heerste er een ontspannen sfeer. De jongens hadden de laatste dagen hard gewerkt en nu het schip op juiste koers lag, was er minder spanning. Riley, de Ierse jongen zong in zichzelf:

The fair maiden of county Derry.

Hij was het dek aan het schrobben samen met Gareth en Tom. Hij stopte toen hij de kwartiermeester aan zag komen lopen en keek schuin naar Tom, die grinnikte.

'Hé Gareth kijk, daar loopt meneer Oliver.
Weet je waar je punten mee kan scoren?'

'Vertel op,' lachte Gareth.

'Vraag naar zijn voornaam, daar is hij heel trots op.
Kom vooruit, vraag het hem.'

Tom zette er een schepje bovenop.

'Dat durft hij nooit!'

Maar Gareth liet zich niet kennen en stapte zonder aarzeling naar de norse man met het ooglapje.

'Beste meneer Oliver, ik heb een vraag voor u.
Moet ik u altijd meneer Oliver blijven noemen of heeft u ook een voornaam die ik misschien mag weten?'

Het gezicht van de oudere man werd rood van woede.

'Jij rat, jij noemt mij meneer Oliver en niets anders!
Ik heb niet één maar zelfs vier voornamen die ik lang geleden heb afgezworen.
Te veel heilige namen waar ik niet aan herinnerd wil worden, want mijn leven is allesbehalve heilig geweest.
Kijk maar,' waarna hij zijn ooglapje omhoog rolde en een lege oogkas tevoorschijn kwam.

'Nu tevreden, snotneus!
Heiligen, bah, niets dan ellende.'

Hij spuugde afkerend op de grond. Gareths gezicht betrok in een boze grimas en keek naar de twee lachende jongens achter hem. Zij hadden hem voor de gek gehouden en hadden daarin de grootste lol. Maar meneer Oliver was nog niet klaar en greep hem bij zijn schouder.

'Ik bepaal mijn eigen lot jongen, mijn eigen koers, mijn achternaam is daarbij genoeg, daar heb ik geen heiligen voor nodig.

En ik waarschuw je manneke, als je mij hier een tweede keer aan herinnert, hoop ik voor je in alle heiligheid, dat alle heiligen je dan zullen bijstaan.

Want je zult het nodig hebben!'

Gareth liet zich niet van zijn stuk brengen en keek hem recht aan.

'Ik heb er geen behoefte aan uw namen te kennen, al zou *Ongelovige Thomas* u niet misstaan, haha.'

Meneer Oliver werd woedend, trok zijn laars uit en smeet deze naar de wegrennende Gareth. De laars vloog rakelings langs hem heen. De kwartiermeester rende hem achterna, maar Gareth dook vliegensvlug de touwen in naar het kraaiennest. Oliver balde zijn vuisten naar hem en wilde hem van alles toewensen, toen op datzelfde moment een meeuw recht boven zijn hoofd vloog en een groene klodder poep op zijn linkerschouder plantte.

'Dat is een teken van de heiligen, ze komen je halen,' lachte Gareth vanuit de hoogte.

'Of zij geven het teken om weer aan het werk te gaan,' sprak James die plots kwam aanlopen.

'Allemaal genoeg gedold, aan het werk.

Gareth, jij naar beneden komen en het dek schrobben tot het blinkt als een parel.

En jij Oliver, maak je schoon, we willen geen heiligen tarten.'

De kwartiermeester liep grommend weg, maar kon een lachje nauwelijks onderdrukken.

Die jongen blijft me verbazen, hèhè.
Op een dag zal hij zijn echte waarde tonen, ik voel het in mijn botten.

Everly Hall, Fernwood

Evelyn zat zwijgend voor zich uit te staren in het rijtuig waarin zij en haar moeder zaten. De rit van Stonebridge naar Everly Hall duurde meer dan twee uur en in al die tijd had zij nog geen woord met haar moeder gewisseld. Sinds zij vertrokken waren uit Trennagan had Evelyn op een pijnlijke manier achterhaald wat er met de verloren brief aan Gareth was gebeurd.

Enkele weken geleden had Emma de brief gevonden op de salontafel. Het lag onder de brief die gericht was aan haar vader. Zij was in de veronderstelling dat beide brieven voor hem bedoeld waren. Op de bovenste stond de naam *Kapitein James Barley* vermeld en die daaronder was blanco.

Dat zal Evelyn wel vergeten zijn, waren haar gedachten.

Zij bond de brieven samen met een touwtje en gaf ze mee aan kapitein Thornton.
Evelyn was woedend en verdrietig tegelijk. Maar hoe kwaad ze ook was, ze kon haar moeder niet de waarheid vertellen.

'Het is een persoonlijke brief, als in een dagboek mama, niet bestemd voor u of vader.
Anders had ik vaders naam wel op de envelop geschreven,' was het enige wat ze kon uitbrengen.

Een woordenwisseling volgde, daarna weken van lange stiltes en korte woorden.
En vandaag, drie weken na hun aankomst in Stonebridge, moesten zij hun onderlinge geschillen ter zijde leggen, want het

was groot feest in het graafschap Fernwood. Nathan Everly, erfgenaam van de onlangs overleden graaf, zou gaan trouwen met Evina Cassington. En zij, als kapiteinsfamilie waren uitgenodigd voor de dienst en de receptie vanwege hun adellijke stand. Evelyn probeerde haar gedachten te verzetten evenals haar moeder. Emma zocht toenadering, maar haar koppige dochter bleef zwijgen. Het rijtuig minderde vaart en stopte nabij het immense landhuis van de Everly`s. Evelyn had het hoge gebouw pas een paar keer vluchtig gezien van buitenaf. Ze was er nog nooit binnen geweest. Het werd gezegd dat het eruit zag als een waar paleis. Je werd vanuit alle hoeken omringd door marmer, goud, fluweel en zijde. Toen de koets stopte, stapte Emma als eerste uit en reikte haar dochter haar arm. Maar Evelyn stapte zelf uit en liep koppig alleen verder.

'Evelyn Elisa Rose Barley!
Nu is het genoeg geweest met dit kinderachtige gedrag!'

Evelyn wist genoeg. Als moeder haar bij haar volledige naam noemde, dan was ze kwaad, heel erg kwaad en viel er niets te discussiëren.

'Luister naar me.
Ik weet dat je boos op me bent, maar weet dat wat je ook hebt geschreven, recht uit je hart komt.
Vader zal je daar nooit ofte nimmer om veroordelen.'

Moeder had gelijk. Dit kon zo niet doorgaan, zeker niet op zo`n mooie dag als vandaag. Ze damde in.

'U heeft gelijk mama, ik moet niet boos blijven.
Het is ook mijn schuld.

Ik had mijn brief moeten opbergen.

En vader zal mijn woorden moeten nemen zoals ze zijn geschreven, vanuit het hart.'

Ze nam haar moeder bij haar arm en samen liepen ze naar de kapel die midden op het landgoed was gebouwd. Zij gingen naar binnen en namen achterin plaats. De voorste rijen waren bestemd voor de directe familie en hoogste adel. Evelyn keek haar ogen uit. De kleine ruimte met het hoge plafond was aan alle kanten prachtig versierd met witte pioenrozen en roze orchideeën. Een gezette dame zong een engelachtig lied, begeleid door een harpiste. Vooraan bij het altaar stond Nathan, een jongeman, misschien net zo oud als Gareth. Hij was sjiek gekleed in het familie uniform van de Everly`s, zijn donkere haren gebonden met een zijden strik. Hij zag er knap uit vond ze, maar hij miste iets in zijn uitstraling.

Die ogen, daar zit geen liefde in.
Hoe kun je zo star kijken op je eigen bruiloft?

Ze keek naar de man naast hem. Het was Rupert Everly, in uiterlijk een evenbeeld van zijn overleden broer. Verfijnder dan zijn norse neef. Plots ging de deur verder open en de sopraan zette een ander lied in. De bruid werd aangekondigd. Zij schreed langzaam naar voren aan de arm van haar vader, Lord Cassington, de steenrijke bankier uit Lannybrock. Ze leek wel een engel in haar ivoorkleurige jurk, haar opgestoken blonde krulharen en zilveren diadeem met daaraan bevestigd een lange doorzichtige sluier.

Nathan verwelkomde zijn aanstaande bruid en reikte haar zijn hand. Zelfverzekerd keek hij haar aan. Evina knikte beleefd en volgde hem naar de twee stoelen die voor hen klaarstonden. Bedekt met witte fluwelen stof en afgewerkt met gouddraad. Achter het altaar stond David, zijn oudere broer, klaar om de dienst te leiden.

De mis was mooi en ingetogen, maar met de grandeur die alleen de allerrijksten konden laten zien.

Na het jawoord werd de bruiloft voortgezet in de grote eetzaal van het landhuis, waar de receptie plaatsvond met aansluitend een chic diner. Evelyn keek haar ogen uit. De zaal was mooier dan ze had verwacht, dit overtrof alle verhalen. Lange tafels waren aan elkaar geschoven en bedekt met goud en zilver bestek, kristallen glazen en zilveren kandelaars, rijkelijk geborduurde tafelkleden, marmeren beeldjes van engelen die dienden als servethouders. Verspreid aan het plafond hingen drie grote gouden kroonluchters met heldere kristallen. Het licht van de kaarsen speelden met de facetten en gaf een prachtig schouwspel. En waar Evelyn ook keek, alles was smetteloos schoon en glom als een spiegel. Om de drie meter stond er een lakei klaar om alle gasten naar hun vooraf bepaalde plek te begeleiden en hen verder van dienst te zijn. En dit was bij lange na niet eens de grootste zaal. Dat was de balzaal, waar deze avond muzikaal werd afgesloten. Aan dit grandioze feest mocht alleen de hoogste adel deelnemen. Hier waren ze helaas niet voor uitgenodigd en konden ze alleen maar van dromen. Dat Evelyn en haar moeder al bij de receptie aanwezig mochten zijn was al een ervaring op zich. Het was toch weer een nieuw stukje geschiedenis dat werd geschreven. Maar dat nam haar teleurstelling niet weg.

Na het diner dat wel vier uur duurde, keerde Evelyn en haar moeder weer huiswaarts in de koets. Onderweg kon ze alleen maar aan Gareth denken. Ze miste hem nu meer dan ooit. De realiteit na zo`n dag van pracht en praal zette haar aan het denken.

Uiteindelijk is het enige wat echt belangrijk is, toch de liefde.
Ik heb dat met Gareth, maar of Evina dat ook met Nathan krijgt,
zal de tijd moeten bepalen.
Hopelijk kan zij met haar liefde de kilte in zijn ogen doen
verdwijnen.

Rupert Everly hief het glas op het jonge bruidspaar in een kleinere zaal waar de genodigden konden plaatsnemen na de overdaad van de tien gangen die zij voorgeschoteld hadden gekregen. Hij was tevreden. In zeer korte tijd had hij aan het verzoek van Nathaniel, dat hij vlak voor zijn dood uitsprak, voldaan. Een verbintenis tussen één van de twee machtigste adellijke families van het noorden. De Cassingtons stemden maar al te graag in met dit huwelijk. Een verbintenis tussen bankiers en de oude adel die investeerde in de koopvaardij was een gouden combinatie. Waarom wachten? Door dit huwelijk kregen zij een nog grotere invloed in het noorden. Een grote wens van Alfred, Evina`s vader. Zijn dochter werd gezien als een ware schoonheid binnen de adellijke kring. Het zou voor Nathan een niet al te zware opgave zijn om haar te beminnen en voor erfgenamen te zorgen.

Nathan nam een slok van de rode wijn, die speciaal voor deze dag geïmporteerd was uit de Franse Dordognestreek, en keek naar zijn bruid vanaf enige afstand. Het was een mooie dame, dat zeker, maar gevoelens voor haar had hij niet. En waarom zou hij? Hij was immers pas negentien jaar oud en had geen behoefte aan een serieuze relatie. In bed zou zij hem wel plezieren, daar zou ze goed voor zijn. En kinderen krijgen? Daar moest hij niet eens aan denken. Hij was nog veel te jong. En daarbij, dan had hij meteen concurrenten voor het graafschap. Het enige wat hij echt wilde en zijn behoefte kon bevredigen, was zelf graaf worden. Nog anderhalf jaar in deze poppenkast leven, tegen iedereen glimlachen zonder het te menen en de Cassingtons te vriend houden om hun kapitaal. Daarna was het zijn beurt; dan zou hij ze allemaal eens laten zien wat hij voor het graafschap in gedachte had. Net zoals zijn vader, de bedrieger.

Hij liep weg van het feestgedruis de naastgelegen gang in en keek omhoog naar een portret aan de muur van zijn vader. Overal kwam hij zijn beeltenis tegen in dit enorme huis. In elke kamer hing zijn zelfvoldane gezicht. Zodra hij graaf was, zou hij deze vreselijke schilderijen verbranden. Hoogstpersoonlijk als het moest. Nathans gezicht stond zuur. De gedachten aan zijn vader en het laatste gesprek met hem, het vreselijke geheim, lieten hem zelfs nu op deze dag niet met rust. Zijn verbitterde gezicht werd opgemerkt door iemand anders die hem in de gang tegemoet kwam. Hij schrok op uit zijn gedachten. De oude Prudence, moeizaam herstellende van haar beroerte op de dag van de begrafenis, werd ondersteunend door een lakei naar hem toe gebracht. Eén kant van haar gezicht was blijvend verlamd en hing scheef. Haar spraak was niet meer zo vloeiend als eerst. Ze wenkte hem en gebood de lakei hen te verlaten. Ze nam plaats in een stoel. Nathan liep naar haar toe en bukte. Hij gruwelde van haar gezicht. Ze kneep in zijn hand en fluisterde langzaam:

'Ik weet alles wat jij weet, je vaders geheim.
Ik zie het in je kille, liefdeloze ogen.
Doe geen domme ondoordachte dingen kleinzoon, het verteert je van binnen.
Laat me je helpen, alsjeblieft.'

92

Nathan schrok en trok zijn hand van haar weg. Hij probeerde zijn opkomende woede te onderdrukken, maar dat lukte niet. Hij kwam dichterbij en keek haar met duivelse ogen aan.

'Jij houdt je mond, ouwe tang.
Ik heb zijn bloed in mijn aderen, meedogenloos bloed.
Jij zwijgt anders zul je er heel veel spijt van krijgen.'

Lady Everly schrok zo erg, dat ze geen woord meer kon uitbrengen. De kleinzoon die ze dacht te kennen was veranderd in een hardvochtig persoon. Ze wilde nog zoveel zeggen, maar een nieuwe terugval, veroorzaakt door zijn harde woorden, verlamde haar spieren opnieuw. Haar spraak was weg. Nathan lachte vals.

'Goed zo, je verdiende loon.
Zwijgen zul je!'

Maar de oude Prudence liet zich niet zomaar uit het veld slaan. Met een laatste krachtinspanning hees ze zichzelf omhoog uit de stoel. Haar trillende handen naderden zijn gezicht. Ze wilde iets zeggen, maar het enige wat de oude vrouw nog kon uitbrengen waren twee letters.

'V..E.., V..E..'

Nathan keek haar geschokt aan. Alsof hij begreep wat ze hiermee bedoelde.

'Zwijg daarover jij ouwe heks of ik laat je voorgoed opsluiten in je kamer.
Daar wordt niet meer over gesproken.

Dat ligt in het verre verleden!'

Hij stond op het punt haar terug te duwen in haar stoel, toen Rupert en de lakei verschenen. Zijn oom had niets in de gaten.

'Je wordt verwacht in de balzaal, Nathan.
Je mooie bruid staat klaar voor de openingsdans.'

'Maar natuurlijk oom, laten we haar niet langer wachten.'

Hij verliet de gang, maar niet voordat hij nog eenmaal dreigend achterom keek naar de oude Prudence.

'V…E…,' siste ze.

Oktober 1656, Praia, Kaapverdië

The Royal Dream lag sinds enkele dagen voor anker in Praia, de hoofdstad van Santiago, het belangrijkste eiland van de tien die behoorden tot Kaapverdië. Net als bij de Azoren was het eiland van vulkanische oorsprong en viel het onder de Portugese kroon. Tussen de eilanden onderling heerste een grote natuurlijke diversiteit. De noordelijke eilanden waren droog en dor als een woestijn, daar viel niets te handelen. De vier zuidelijke des te meer. Hier heerste het hele jaar door een warm tropisch klimaat. Zelfs nu het najaar zijn intrede had gedaan, hing er nog altijd een broeierige vochtige sfeer. De bergen waren smaragdgroen, begroeid met vreemde planten en palmbomen. Deze bomen waren nieuw voor de meesten onder de bemanning. Zij hadden er slechts enkelen gezien bij de Azoren. Het was niets in vergelijking met de eindeloze bossen die ze nu zagen. Vanaf de spitse bergtoppen stroomden watervallen naar beneden, kristalhelder zoet water. Het land was vruchtbaarder dan bij de Azoren. Verschillende tropische vruchten groeiden er rijkelijk. Vreemd fruit wat het merendeel van de bemanning nog nooit had gezien of geproefd. Mango`s, papaja`s en kokosnoten, maar ook suikerriet dat bestemd was voor het maken van rum. Naast het fruit zouden zij ook grote beelden van tropisch hardhout inladen voor de verkoop in Europa. Het was schijnbaar in de mode voor de adel om een exotisch product in huis te hebben om mee te pronken. De komende weken werd het hard werken om opnieuw kisten vol te laden. Ook dit keer zou er een Engels schip komen om de goederen mee terug te nemen naar eigen land. Voor henzelf sloegen zij zoet water, vers fruit, vis en gevogelte in. Als ruil kregen de Portugezen van Kaapverdië kleding, graan, pijpen en tabak. Deze tweede tussenstop werd net als bij de Azoren benut om reparaties uit te voeren aan het schip. Hoe langer op zee, des te meer onderhoud noodzakelijk was. Na deze stop had kapitein Barley nog maar één belangrijk doel voor ogen: aankomen in Kingston, de hoofdstad van Jamaica, vòòr december. Daar zouden zij de grootste vracht zelf inschepen en mee terug nemen naar Engeland. Met de sterke zeewind die in het najaar op zijn best was, zou het zeker gaan lukken.

Gareth keek zijn ogen uit. Praia maakte veel indruk op hem. Zijn vriend Riley ervaarde hetzelfde. Hij schetste elke plant en elk dier die hij zag. Zijn favoriet was de Marlijn. Een enorme zeilvis van vier meter lang die nergens ter wereld zo vaak voorkwam als in deze wateren. Een gevangen exemplaar lag op het strand en de Ier was er als de kippen bij om hem tot in de details te vereeuwigen. Maar er was ook een keerzijde aan deze nieuwe wereld en dat beviel hen beide steeds minder. Het eerste wat Gareth bij aankomst zag waren veel donkergetinte mensen die hard aan het werk waren onder toezicht van enkele officieren met een leren zweep in de hand. De arbeiders kwamen uit Senegal, West-Afrika. De Portugezen hielden net als in de Azoren slaven om het harde werk voor ze te doen. Het verschil was echter het gebrek aan respect. Zij werden gedwongen verscheept vanuit hun thuisland om hier bevelen op te volgen van slavendrijvers. Er werd openlijk gehandeld in deze mensen alsof het kuddedieren waren.
Ook James walgde van deze praktijken.

'We doen waar we voor komen, handelen, ruilen en goud incasseren en dan door naar onze eindbestemming Jamaica.
We liggen nog op koers en zullen daar voor het aanbreken van de winter zijn.'

'Ik weet het James,' zei meneer Oliver.

'Het zijn walgelijke praktijken die ons hier worden voorgeschoteld.
Zij zijn zwart van huid, maar rood van binnen, eender als ons.
Maar het zijn niet alleen de Portugezen die dit doen.
Vergeet niet voor wie we werken!
De Engelse adel en politici zijn net zo corrupt als het op slavenhandel aankomt.
Net als de Fransen en de Nederlanders.
Ik ben blij dat ik onder u mag varen, elk ander schip met een kapitein zonder hart had ik geweigerd.
Dan was ik nog liever een bedelaar.'

James klopte hem op de schouder als dank voor zijn woorden.

'Verzamel de jongens en zeg ze dat ze twee dagen vrij hebben.
Ze hebben hard doorgewerkt aan boord en op het land.
Ze verdienen wat rust, maar waarschuw ze opnieuw voor de verleidingen.
Op dit eiland zijn ze groter dan bij de Azoren.
Hoe langer op zee, hoe aantrekkelijker het land voor ze wordt.
Het komt er nu echt op aan of ze zichzelf in bedwang weten te houden.'

Meneer Oliver deed wat hem werd gevraagd. De matrozen waren uitzinnig van vreugde. Kapitein Barley gaf hen zijn vertrouwen en voor even de vrijheid.
Gareth zocht zijn maat Riley op en de blonde Tom uit Dorset sloot zich bij hen aan. Zij doken een Portugese herberg in die volledig gebouwd was van donker tropisch hardhout. Het heette *The Black Dragon*. Binnen was het een drukte van jewelste.

Andere matrozen maar ook Portugese mariniers en soldaten, hadden hun weg naar de herberg gevonden. Het drietal ging zitten aan een tafeltje. Een jonge vrouw kwam op hen af en bediende hen. Zij zette drie grote bekers voor hen neer en vulde deze met rum. Tom keek met grote ogen naar de vrouw. Zij was Afrikaans en een mooie verschijning. De jonge knul kreeg een stomp van Riley.

'Als je haar nog langer blijft aanstaren als een verliefd kalf vallen je ogen er nog uit.'

Toms gezicht kleurde vuurrood. Gareth lachte.

'Kijken mag Tom, maar je weet wat de kapitein heeft gezegd. Behandel de vrouwen met respect, slaaf of niet.
Je weet wat er gebeurd is met de vijf die we achterlieten bij de Azoren.
Je wilt niet hetzelfde lot tarten.'

'Nee zeker niet, ik houd het wel bij kijken, hahaha.'

Het meisje glimlachte mee, maar keek daarbij vooral naar Gareth. Tijdens het voorbijgaan raakte ze subtiel met haar hand zijn schouder aan en fluisterde iets in zijn oor. Portugese woorden die hij niet verstond.

'Eu não entendo você,' zei hij nonchalant.

De enige Portugese zin die was blijven hangen.

'*Begrijp* je haar echt niet, ouwe rokkenjager?
Volgens mij vindt ze jou wel leuk,' lachte Riley.

Gareth gromde, nam vlug een grote slok rum om van het gezeur af te zijn en pakte een stok kaarten tevoorschijn.

'Laten we gaan spelen dan hebben we tenminste afleiding.'

Vanuit een rustige hoek werden zij gadegeslagen door Lance. Hij zat alleen en keek nors voor zich uit. Langzaam verscheen er een valse lach op zijn gezicht. Hij stond op, liep rakelings langs het tafeltje waar het drietal aan het kaarten was en keek Gareth strak aan alsof hij hem ter plekke kon vermoorden.

'Bastaard,' siste hij.

Riley voelde de opkomende spanning tussen beide mannen en hield zijn hand snel op Gareths arm gedrukt.

'Ik weet dat je nu wilt opstaan om hem een klap te verkopen, maar laat hem gaan.
Hij wil je provoceren, je in een kwaad daglicht stellen bij de kapitein.
Hij is het niet waard.'

Gareth gromde en nam weer een grote slok rum om zichzelf te bedaren. Lance liep weg. De drie jongemannen speelden verder, dronken nog vele bekers en verlieten uiteindelijk de herberg in het holst van de nacht. Zij namen één van de kleine sloepen die voor de matrozen klaarlagen bij de haven om naar het schip te varen, dat honderden meters verderop voor anker lag in een lagune. Eenmaal aan boord ging ieder van hen naar zijn eigen slaapruimte benedendeks. Een hut die zij deelden met een tiental andere jongens. Gareth opende de deur van zijn vertrek. Hij verwachte dat hij de laatste was die terugkeerde, maar tot zijn grote verbazing was er nog niemand aanwezig. Hij plofte in zijn hangmat, zijn hoofd tolde nog na van de bekers rum.

'Slapen jongen en morgen veel eieren met spek eten, dan ben je zo weer de ouwe,' sprak hij tegen zichzelf.

Hij wilde gaan liggen tot hij plots een gerammel hoorde aan de deur. Misschien was het één van de andere jongens die ook dronken terugkwam en moeite had de deur te openen? Hij lachte.

'Rum rum, wat doe je met ons, haha.'

Een hand duwde zachtjes de deur open en een onverwachte bezoeker kwam naar binnen. Gareth schrok. Het was het donkere meisje dat hen die avond de drank had geserveerd. Hoe kwam zij hierbinnen? Zonder iets te zeggen kwam ze op hem af en sloeg haar armen stevig om zijn nek. Ze wilde hem kussen. Gareth greep haar beide polsen en duwde haar zachtjes van zich af.

'Nee meisje, ik wil dit niet.
Ga terug voordat ze je vinden.
Begrijp je mij wel?'

Maar het meisje bleef recht voor zijn neus staan. Ze keek hem verleidelijk aan, maakte de speld van haar gedrapeerde jurk los en liet de lap langs haar lichaam naar beneden glijden. Ze probeerde hem opnieuw voor zich te winnen door haar naakte lichaam dicht tegen hem aan te drukken.

'Nee!' riep Gareth resoluut.

Hij pakte de jurk van de grond en duwde het terug in haar handen.

'Ga terug vanwaar je komt.
Je moet van dit schip af, je brengt me in de problemen.'

Het meisje begon in haar eigen taal te praten. Er volgde een vreemde wilde reactie. Ze verscheurde de jurk in stukken, bracht haar lange krullende haren flink door de war en sneed zichzelf vervolgens met de speld in haar arm. Bloed sijpelde naar beneden.

'Wat doe je, waar ben je mee bezig?' schreeuwde hij.

Gareth wilde haar tegenhouden met wat ze ook aan het doen was en trok de speld uit haar hand om erger te voorkomen. Ze spartelde flink tegen, waarop Gareth haar stevig bij de armen pakte om haar enigszins te kunnen bedaren. Op dat moment vloog de deur open en meneer Oliver, kapitein Barley en Lance stapten naar binnen.

'Daar, ik heb het u gezegd,' zei Lance.

'Hij was haar al eerder op de avond aan het verleiden met zijn stomdronken kop.
Ik heb hem gevolgd en zag dat hij haar naar zijn hut naar binnen sleepte.
Ik zeg je wat ik al eerder heb gezegd, deze jongen is niet te vertrouwen.
Denk terug aan uw dochter Evelyn.
Komt deze scène u niet heel bekend voor?'

James keek Gareth vol afkeer aan.

'Laat deze vrouw ogenblikkelijk los.'

Gareth deed wat hem werd gevraagd en vertelde meteen wat er volgens hem echt was gebeurd. Lance zag de vertwijfeling in de ogen van de kapitein en liep naar de vrouw. Hij sloeg een deken om haar naakte lichaam.

'Zullen we het haar zelf eens vragen,' stelde hij voor.

Meneer Oliver stapte op haar af en nam het woord. Zijn Portugees was het beste van iedereen, maar het bleek niet nodig. Het meisje maakte zichzelf plotseling verstaanbaar in het Engels. Gareth was sprakeloos. Wat voor een vuil spel werd er met hem gespeeld?

'Wat heeft deze jongeman gedaan en spreek de waarheid, meisje!' vroeg meneer Oliver.

'Hij heeft mij meegenomen naar deze hut en rukte de kleren van mijn lijf.
Ik vocht maar raakte gewond aan mijn arm en vervolgens heeft hij mij… verkracht.'

Een schok denderde door Gareths lichaam bij het horen van haar leugens. Hij werd er ingeluisd en hij wist door wie toen hij een vuile grijns op het gezicht van Lance zag verschijnen. Die gluiperd had het juiste moment afgewacht om hem te pakken.

'Wat heb je hierop te zeggen matroos Palmer,' zei meneer Oliver streng.

'Ik ben onschuldig en blijf bij mijn standpunt.
En ik heb twee getuigen, Tom en Riley waren bij mij vanavond.

'En tot hoe laat dan wel?
Niet de hele avond, toch?
Hier kun je je niet meer uit redden!' schreeuwde Lance.

'Stop en blijf bij de feiten!' brulde James.

'De misdaad heeft plaatsgevonden op mijn schip, maar we
hebben twee versies.
Hier aan boord ben ik naast kapitein ook bevoegd tot rechter en
zal oordelen naar alle eerlijkheid en bewijzen die er zijn.
Je bent een leergierige jongen Gareth, je werkt hard en je hebt
tot nu toe geen enkele misstap begaan, maar ik moet handelen
volgens de wet.
Je wordt daarom tot nader order benedendeks opgesloten in het
gevang, er is geen andere keuze.
Morgen zal de rechtszaak gehouden worden en zal ik een
oordeel vellen.
Neem hem mee meneer Oliver en jij Lance, houd haar aan
boord, zij moet morgen getuigen.'

Lance vertrok met het meisje. Hij lachte in zichzelf:

*Ik had je een belofte gedaan dat ik je achter de tralies zou
krijgen en die belofte heb ik nu geïnd.*

Gareth werd onder in het schip naar het cachot gebracht, een
kleine donkere ruimte waarin ook een cel met tralies was
geplaatst.

'Meneer Oliver alstublieft, ik heb echt niets gedaan.
Ik zweer het u.'

'Ik hoop het, mijn jongen.
Ik heb vanaf het eerste moment dat ik je zag veel potentie in je gezien, maar Lance heeft een punt.
Ik zie een overeenkomst als ik terugdenk aan het voorval met de kapiteinsdochter.
Twee jonge vrouwen, beide zo goed als naakt, overgeleverd aan jou.
Is dat toeval of ben je anders dan ik denk dat je bent?
De kapitein is een eerlijk man.
Als iemand de waarheid boven tafel kan krijgen is hij het wel.
En ik hoop voor je dat je de waarheid spreekt.'

Meneer Oliver begeleidde Gareth naar zijn cel en stak de sleutel in het ijzeren slot. Hij deed de deur van het cachot achter hem dicht en vertrok.

De tijd verstreek die nacht langzaam. De stilte en de duisternis omringden hem als tekens van naderend onheil. Hij sloot zijn ogen en zag Evelyn voor zich.

Jouw liefde zal me hier doorheen lozen.
Ik houd mij vast aan de gedachte dat ik je op een dag weer in mijn armen kan sluiten en niemand zal mij tegenhouden.
Deze reis is niet het avontuur wat ik verwachtte.
De nieuwe wereld zit vol met list en bedrog, slavendrijvers en uitbuiting.
Ik had nooit moeten gaan, maar dat is achteraf.

Gareth viel uiteindelijk in slaap, maar bleef onrustig woelen. De vloerplanken waren hard en vochtig, nachtmerries teisterden hem en het werd steeds warmer. Zelfs heet. Plots werd hij opgeschrikt door een hard gedreun. Het geluid kwam van boven. Het schip schommelde licht en er was geschreeuw. Voor zover hij wist, waren er geen plannen voor vertrek en lag het schip voor anker in de lagune. Gareth stond op en concentreerde zich op het geluid dat van het bovendek kwam. Hij hoestte. En opnieuw. Een benauwd gevoel overmande hem en zijn ogen prikten. Hij keek naar de deur en zag de oorzaak van de hitte. Onder de deurspleet rolde donkergrijze rook naar binnen. Een intense brandlucht. De kleine ruimte vulde zich snel. Gareth ramde aan de tralies en riep om hulp. Hij moest hier uit zien te geraken. De rook sloeg op zijn keel en zijn ogen, zijn ademhaling verzwaarde. Hij trok zijn blouse omhoog tot over zijn neus. Gareth voelde zich als een dier in het nauw. Hij bonkte tegen de muren, duwde tegen de tralies, schreeuwde, maar er was geen uitweg. Hij voelde zich duizelig, donkere vlekken verschenen voor zijn ogen. Het voelde alsof hij elk moment kon stikken. Plots ging de deur van het cachot wagenwijd open. Riley en Tom kwamen op het juiste moment aangesneld met de sleutels. Beiden hielden een doek voor hun mond om de rooklucht tegen te gaan.

'Je dacht toch niet dat we je zouden laten barsten.
Jij bent onze vriend en wij gaan voor je door het vuur, letterlijk!' schreeuwde Riley.

Hij draaide de sleutel in het slot van de cel en Gareth kwam hoestend naar buiten. Haastig zochten zij een uitweg door de met rook gevulde gangen naar het bovendek.

'Wat is hier gaande?' schreeuwde Gareth.

'Piraten!' schreeuwde Riley.

'Spaanse piraten hebben het schip geënterd.
Zij plunderen alles wat ze maar kunnen vinden.
Het zijn er te veel en zij zijn allen gewapend.
We moeten hier weg zien te komen, want ze hebben brandende fakkels naar beneden gegooid, precies waar jij ook zat.
Ze willen ons allemaal bovendeks hebben.
God weet waarom!
Het is een regelrechte ramp!'

'Waar is de kapitein?' riep Gareth.

'Ik ga niet weg zonder hem en meneer Oliver.'

'Wij weten niets, het is één grote chaos,' riep Tom.

'Laten we eerst naar het dek proberen te komen, want hier stikken we.'

Het drietal rende door de smalle gangen. Beginnende vlammen likten aan het hout, zware steunbalken kraakten en braken doormidden. Op het dek waren zij geschokt door wat zij zagen. De zeilen waren veranderd in vlammende raggen, de masten stonden op het punt te breken en het voordek was doordrenkt met bloed van gedode matrozen. De piraten hadden hen bovendeks opgewacht en afgeslacht als beesten. Ze konden niets meer doen. De meedogenloze zeerovers hadden het brandende schip inmiddels verlaten. Zij hadden de volgeladen kisten fruit en andere handelswaar meegenomen maar ook de kist met gouden Cromwell munten waarvan de kapitein de lonen, de reparaties en andere kosten moest betalen. Het was allemaal weg.

'Kijk om je heen, het is nog niet voorbij!
We moeten nu van dit schip af!
Die schoften hebben vaten buskruit geplaatst, verbonden door één lange lont.
Als de ene gaat, zullen de andere volgen en dan blijft er niets meer over van het hele schip.
Het kan ieder moment ontploffen!' schreeuwde Riley.

Gareth keek wanhopig om zich heen in de hoop de kapitein of meneer Oliver te zien. Hij struikelde over een been van een persoon. Hij schrok toen hij zag wie het was. Hij keek recht in de glazige levenloze ogen van het slavenmeisje. Er stak een rood bebloed stuk hout door haar borstkas. In haar verkrampte hand hield ze twee goudstukken.

Bloedgeld van Lance, de hufter.

Riley dichtte haar ogen en sloeg met zijn hand een kruis voor haar.

'Moge god je vergeven, naïef meisje.'

'Daar, de kapitein!' wees Tom.

Gareth rende naar hem toe. Een zware balk lag op zijn rechterbeen. Hij kermde het uit van de pijn.

'Kom, help me deze balk omhoog te tillen.'

De jongens duwden uit alle macht het gevaarte opzij, waarna James nog harder schreeuwde dan hij al deed. Het been was volledig verbrijzeld. Gareth tilde de kapitein omhoog in zijn sterke armen en droeg hem vervolgens over zijn schouder naar de reling van het schip. Tom en Riley volgden hem. Andere matrozen die het hadden overleefd deden hetzelfde. Zij sprongen van boord om naar de kade te zwemmen. Van meneer Oliver was geen enkel spoor. Maar er was geen tijd meer om verder te zoeken. In het water springen was hun enige optie. Het eerste vat buskruit ontplofte op het achterdek, waarna er nog één volgde en tientallen vaten daarna. Steeds dichterbij hoorden zij de oorverdovende knallen. Het was een onontkoombare kettingreactie. Een enorme vuurzee volgde. Complete chaos en paniek brak uit onder de overlevenden, die steeds verder werden ingesloten door zwarte rook en vurige, helse vlammen. Het laatste wat Gareth zag was het boegbeeld, de metershoge Triton. De drietand brak los van de hand alsof het de macht over het schip verloor. Het beeld spatte uiteen in ontelbare splinters. De goud geverfde kroon werd metershoog de lucht in geslingerd en verdween met een plons in de zee.

Kermende kreten echoden in de duisternis van de nacht.

Daarna werd het stil.

Doodstil.

The Royal Dream, het eens zo trotse koopvaardijschip van kapitein James Barley was niet langer een droom, maar een levensechte nachtmerrie van vlammen en as.

November 1656, Stonebridge, Fernwood

Het was een regenachtige, grijze najaarsdag. De zee was onrustig, de golven hoog en onstuimig, alsof het slecht nieuws kwam brengen van de andere kant van de wereld.

Het was nog vroeg in de ochtend toen er hard op de deur werd geklopt. Emma deed open en een windvlaag waaide enkele blaadjes naar binnen. Voor haar stond een lange man in een donkerblauw uniform. Hij nam zijn steek af en keek haar met bedroefde ogen aan. Het was kapitein Henry Thornton. Emma kreeg een akelig voorgevoel. Evelyn die in een boek aan het lezen was, zag de man bij de deur en kwam bij haar moeder staan. Henry pakte de hand van Emma.

'Beste mevrouw Barley, het spijt mij enorm dat ik degene ben die u dit moet mededelen, maar ik heb zeer slecht nieuws.
The Royal Dream, het schip van uw man, is vergaan bij de Kaapverdische eilanden.
Geplunderd door Spaanse piraten, volledig verwoest in een vuurzee.
Ik heb hier de lijst van mannen die het overleefd hebben.
Slechts vijfendertig.
Uw man… staat daar niet bij.
Het spijt mij uit het diepste van mijn hart.'

Emma was in shock en zakte door haar knieën. Het moment waar ze altijd voor had gevreesd, was nu werkelijkheid geworden. Evelyn ving haar op. Henry overhandigde haar de namenlijst en vertrok. Gearmd nam ze haar moeder mee naar binnen en hielp haar zitten in een stoel. Henry`s woorden waren nog niet tot haar doorgedrongen, verdoofd voor de waarheid.

Als in een waas rolde Evelyn de lijst open en las de namen één voor één door. Iedereen die ze kende stond er *niet* op. Haar vader, meneer Oliver, Lance en... Gareth. Pas bij het ontbreken van zijn naam drong de werkelijkheid tot haar door. Haar vader en Gareth waren beide dood. Weggerukt uit haar leven, in een oogwenk. De brief gleed tussen haar vingers en viel op de grond. Evelyn keek door het raam naar de zee in de verte en huilde voor lange tijd. Haar hand stevig om Gareths ring geklemd. Dit kon niet waar zijn. Was hij werkelijk weg, nog voordat zij de kans hadden om samen hun leven te beginnen?

Everly Hall, Fernwood

Ook de Everly`s kregen het slechte nieuws diezelfde dag te horen. Een koets arriveerde laat in de avond op het landgoed en kapitein Henry Thornton stapte uit. Hij keek vermoeid. Er was geen tijd om zelf te rouwen om zijn goede vriend James. De mededeling aan de families en belanghebbenden ging nu voor. Een lakei liet hem binnen en daar vertelde hij hetzelfde verhaal. Rupert en Nathan waren net als alle anderen diep geschokt door de wreedheden die in de verre koloniën hadden plaatsgevonden. Rupert had enkele jongemannen gekend. Zonen waarvan hun ouders nog niet zo lang geleden op de bruiloft waren van zijn neef. Tranen vulden zijn ogen. Maar Nathan was op een andere manier geschokt. Zijn ogen waren gevuld met woede. Zeker, het was tragisch, zoveel verloren mensenlevens. Maar zij, de Everly`s, waren de financiers van het schip dat nu letterlijk in rook was opgegaan. Zij profiteerden het meest van de handel en de opbrengst van het goederentransport. Er was helemaal niets meer over. Geen goud, geen schip, geen bemanning. Niets. Zijn familie had sinds tijden niet zo`n groot verlies geleden. Een schande was het. Wat voor een kapitein was dit, die zijn schip dat voor anker lag liet inpikken door Spaanse rovers en het vervolgens liet verbranden tot stof en as. Dit kon niet ongestraft blijven. Te veel geld was hierin geïnvesteerd. Juist deze verwachte opbrengst had hun tegenvallende financiën van de afgelopen jaren moeten opvijzelen. *The Royal Dream* was het paradepaardje van vader geweest. De paar kisten uit de Azoren die reeds in Engeland waren aangekomen zouden het verlies niet dekken. Dat was niets vergeleken bij de vracht die zij vanuit Jamaica zouden meebrengen, het primaire doel van de hele reis. Er moest iemand verantwoordelijk voor worden gesteld. Nathan vocht tegen zijn opkomende woede. Rupert begeleide kapitein Thornton naar de deur en gaf hem een hand. Nathan volgde zijn voorbeeld, maar verdween meteen daarna naar zijn werkkamer.

Diezelfde avond nog kwamen Nathan, Rupert en David bijeen in de kleine eetzaal waar zij het tragische voorval verder bespraken.

'Ik kan het mij niet voorstellen, al die families die deze dag hetzelfde vreselijke bericht hebben ontvangen over hun zonen,' zei David die het nieuws eerder deze dag van kapitein Thornton in zijn kapel had vernomen.

'Het eerste wat ik morgen ga doen is een mis aan hen opdragen en alle overledenen bij naam noemen zodat ze niet vergeten worden.'

'Dat is een mooi gebaar,' zei Rupert.

'We moeten er juist nu voor de nabestaanden zijn net zoals Nathaniel altijd heeft gedaan.
Hij was geliefd onder zijn volk, juist omdat hij altijd zo betrokken was en zich niet verheven voelde vanwege zijn adellijke stand.
Laten we zijn voorbeeld volgen.'

'Vind je dat werkelijk?' snauwde Nathan.

'Waarom moet ik er zijn voor dit gepeupel dat ons kapitaal, ons schip, niet kon verdedigen?
Bijna honderd matrozen tegen een handjevol piraten, meer zullen het er niet zijn geweest.

Het is en blijft een schande.
Mij zul je morgen niet bij deze dienst zien, David.
Ik ben niet zo hypocriet als jullie.'

'Waarom zo'n afkeer tegen hen, broer?
Spreek geen kwaad over de doden, jij weet niet wat er daar werkelijk gebeurd is!'

'Ik weet genoeg, de feiten tellen.
Wil je dan dat ik ga rouwen om kapitein Barley?
Ik dacht het niet!
Wij alle drie weten hoe deze simpele visserszoon kapitein kon worden van *The Royal Dream*.
Enkel en alleen omdat hij getrouwd was met Emma Talton, nicht van de hertog van Hovershire.
En… favoriete vriendin van onze overleden moeder.
Die James is enkel met haar getrouwd voor haar status en is zo de adellijke ladder opgeklommen.
En laten we vooral niet vergeten dat onze vader hem ging beschouwen als een vriend, als één van ons.
Hij is degene die hem deze functie uiteindelijk heeft gegeven.
Walgelijk!
Je ziet wat er nu van komt.
Als vader zijn verstand had gebruikt was dit nooit gebeurd.
Jij Rupert, bent net als hem, veel te weekhartig als het op de gewone man aankomt.
Als ik nu graaf zou zijn zou ik het heel anders aanpakken.'

Rupert keek hem met fronsende wenkbrauwen aan.

'Ik ben heel benieuwd Nathan hoe jij dit dan zou aanpakken.
Tot nu toe hoor ik alleen maar kwaadsprekerij.

Je bent veranderd sinds Nathaniel is heengegaan.'

'Ja oom, ik ben zeker veranderd, volwassen geworden.
Ik zie de dingen zoals ze zijn, ik gebruik mijn hersens en niet mijn hart.
U wilt weten wat ik zou doen?
Ik zou mijn verloren kapitaal terugvorderen bij diegene die de verantwoording had.
Wel, de kapitein is dood, maar zijn kapitaal niet.
Dus zeg ik jullie, neem het hen af.
Het schijnt dat de familie Barley gefortuneerd is, ze hebben zelfs een tweede huis in Cornwall.
Vorder het, verkoop het en incasseer het.'

'Maar dat is pure wraak, Nathan.
Heb je dan geen medelijden, zij is nu een weduwe.
Zijn ze niet al genoeg gestraft?'

'Nee, oom Rupert, ik zie het anders.
Zij hebben slechts één persoon verloren, wij daarentegen het merendeel van de bemanning, de volledige lading, het goud en het schip.
Zij horen medelijden met ons te hebben.
Als u dit wraak wilt noemen, dan is het maar zo.'

Rupert was zichtbaar ontdaan door zijn harde woorden en wilde de zaal verlaten. Nathan damde in en veranderde zijn toon:

'Maar... het is enkel mijn mening, u heeft uiteindelijk het allerlaatste woord.
U bent de regent graaf, uw beslissing is bindend en daar zal ik mij bij neerleggen.

Wilt u een kerkdienst, dan wordt het een kerkdienst!'

Rupert legde zijn hand op zijn schouder.

'Dan laat het rusten Nathan, er is al genoeg leed geweest.'

'Mee eens,' riep David die zich afzijdig had gehouden na de woedeaanval van zijn broer.

'Kijk vooruit en blijf niet hangen in je bitterheid.'

Nathans gezicht veranderde en hij kreeg een vreemde blik in zijn ogen. Gefascineerd keek hij naar een klein schilderij van zijn vader aan de muur.

'Je hebt gelijk mijn broer, vanaf nu zal ik alleen nog maar vooruitkijken.
Daar kunnen jullie op rekenen.'

En jij bent mijn stille getuige, vader.

Hoofdstuk 2

April 1657, Everly Hall

'En, wat kunt u mij vertellen?
Weet u inmiddels wat hem echt mankeert?
Is hij gek?'

Dokter Timothy Clarkson draaide zich om van zijn brabbelende patiënt en liep met Nathan de slaapkamer uit.

'Het is, om het zo eerlijk mogelijk te omschrijven, een ziekte wat zijn geheugen aantast.
Uw oom gaat met de dag zienderogen achteruit.
Zijn herinneringen lijken te verdwijnen.
Ik heb het eerder gezien bij mensen ouder dan hem.
Er is weinig dat ik voor hem kan doen.
De één wordt misschien wel honderd jaar en houdt zijn gezonde verstand.
Kijk maar naar uw grootmoeder, lady Prudence.
Ook al heeft zij een beroerte achter de rug en is haar spraak verdwenen, haar verstand zit er nog steeds, even scherp als altijd.
En dan zijn er anderen, zoals Rupert Everly, die het zal moeten doen met de korte, heldere momenten die zijn resterende dagen hem nog willen gunnen.'

'Kunt u helemaal niets meer voor hem doen?
Er moet toch een manier zijn?

Geld speelt geen rol, dat weet u.
Hij is oud, maar niet bejaard, dit kan toch niet zomaar gebeuren.
Niet bij een Everly!'

'Het spijt me zeer.
Er is geen medicijn om zijn verstand te helen, als u dat bedoelt.
Wat verdwenen is komt niet meer terug.
U hoort hem nu al onsamenhangende zinnen spreken, heden en verleden door elkaar, feiten en verzinsels.
Er zullen steeds meer gaten in zijn geheugen komen.'

Timothy keek hem serieus aan en legde zijn hand op zijn schouder.

'Ik wil u niet ongerust maken jongeheer Everly, maar u moet aan de toekomst denken.
U bent de rechtmatige erfgenaam die uw ooms taken gaat overnemen.
U bent nu twintig jaar, maar wettelijk gezien één jaar te jong om de titel van graaf te ontvangen.
Toch moet u deze verantwoordelijkheid al gaan nemen.
Fernwood is een groot graafschap en dat heeft een leider nodig.
Veel mensen zijn afhankelijk van de Everly`s, generaties lang werken zij al voor uw voorouders en pachten de familiegrond.'

'Ik weet het dokter Clarkson, ik ben er inmiddels mee bezig.
Ik heb mij twee dagen geleden laten adviseren door notaris Thomas Calby en er is een wet die bepaald dat een jonger persoon graaf kan worden, indien er geen enkel ander mannelijk familielid aanspraak maakt op de titel.
U ziet dat oom Rupert wegkwijnt waar we bij staan en mijn broer David heeft zijn keuze voor god al lang geleden gemaakt.

Verder zijn er geen neven of achterneven die de titel kunnen claimen.

Ik zie mij daarom genoodzaakt de zware maar nobele taak als graaf van Fernwood, die in de toekomst toch al op mijn schouders terecht zou komen, nu te aanvaarden.

Precies wat u ook al voorstelde.

Laten we het zo snel mogelijk officieel maken.

En dokter, niemand hoeft te weten dat mijn geliefde oom zijn verstand verloren heeft, nietwaar?

Het volk zou het niet begrijpen.

Ik laat ze mededelen dat hij zich bewust heeft teruggetrokken uit zijn functie om met zijn vrouw door Europa te gaan reizen en dat hij het volste vertrouwen in mij heeft.

Als het moment komt dat hij sterft, vertellen we hen dat het gekomen is door een hartstilstand.'

'Goede keuze, een leugen om bestwil ter bescherming van uw familie en eer.

Het is alleen zo spijtig te zien, dat zo'n beste gezonde man als Rupert, zo snel kan aftakelen.

Vanmorgen toen ik hem onderzocht, dacht hij dat ik zijn vader was en hij zelf nog een jong kind.

U heeft op tijd ingegrepen, jongeheer Everly.'

'Dank u, en, spreek mij vanaf nu maar aan met graaf Everly, dan went het des te sneller voor u en iedereen.'

'Natuurlijk… graaf Everly.

Wilt u mij misschien vergezellen?

Ik neem Lady Prudence mee naar buiten, de tuinen in voor haar dagelijkse wandeling.'

'Nee dank u, ik heb zo dadelijk een afspraak met de bisschop van York.

Hoe maakt ze het eigenlijk, mijn lieve grootmoeder?

Ik heb haar tot mijn spijt te weinig gezien de laatste tijd.'

'Sinds uw bruiloft blijft haar spraak weg, op twee letters na, *V* en *E*.

Het is om gek van te worden, als ik vrijuit mag spreken.

Weet u wat ze bedoelt?'

Nathans gezicht verkrampte lichtelijk, maar toonde zich zo onverschillig mogelijk.

'Nee, geen enkel idee, de arme vrouw.

Als u mij wilt excuseren, de bisschop wacht op mij in de ontvangsthal.'

Die avond wachtte Nathan op de komst van zijn broer David in de oude werkkamer van zijn vader. De jonge dominee klopte op de deur en Nathan riep hem binnen. Zijn gezicht stond opgewekt.

'Neem plaats David.

Ik heb heuglijk nieuws dat ik met je wil delen.

We hebben het zwaar gehad en nog steeds hangt de donkere sluier van de dood boven onze familie.

Vader is niet meer, Prudence leeft op reservetijd en oom Rupert zal niet lang meer te leven hebben.

Maar ondanks deze misère zullen betere tijden aanbreken broer.

Ik heb met notaris Thomas Calby gesproken.

Ik zal morgen het document ondertekenen dat mij de officiële graaf van Everly Hall en het graafschap Fernwood maakt.

Ik ben dan wettelijk gemachtigd om grootse dingen te doen.
Er is één ding wat ik met mijn nieuwe functie al voor elkaar heb
gekregen en heb daarbij ten eerste aan jou gedacht.
Vanmiddag had ik de bisschop van York op bezoek.
Ik zie je bedenkelijke gezicht David, maar maak je geen zorgen.
Je krijgt promotie, mijn gelovige broer.
Een grotere parochie met veel volgelingen, meer dan je hier ooit
zult kunnen bereiken.
De bisschop vind je een zeer gewaardeerde man van god en bied
je een hoge positie aan in zijn bisdom.'

David schrok.

'Dat is werkelijk een prachtige kans Nathan, maar dat betekent
dat ik moet verhuizen naar York en jou alleen moet achterlaten.'

'Geen zorgen, ik ben een man nu, een graaf.
Het is het juiste moment voor ons beiden om de kans te grijpen
om iets waardevols van ons leven te maken.
Pak het met beide handen aan David, doe het!'

David was sprakeloos. Nog nooit had hij zijn broer zo
standvastig gezien. En hij had gelijk. Jarenlang had hij in
Fernwood naar volle tevredenheid zijn kleine parochie gediend
en nooit de intentie gehad deze te verlaten voor iets beters. Maar
diep in zijn hart verlangde hij naar meer. Toch twijfelde hij.

'Mag ik er over nadenken, Nathan.
Er zijn hier mensen die op mij rekenen, mij vertrouwen.'

'Nee David, dit mag je niet uitstellen.

De bisschop is nog hier en zit in de ontvangsthal op je antwoord te wachten. Stel hem en mij niet teleur.
Het is een grote eer en waarschijnlijk je enige en laatste kans.'

'Waarom ik, Nathan?
Zou men niet liever een dominee uit York deze positie willen geven in plaats van mij?'

'Begrijp je het dan niet?
Jij bent een Everly en dat opent deuren.
Er stroomt blauw bloed van tientallen generaties door onze aderen.
Voor velen zou deze deur gesloten blijven.
Grijp die kans zeg ik je en gebruik onze naam om meer uit het leven te halen dan wat we tot nu toe bereikt hebben.'

David stond op en rechtte zijn rug. Nathan had hem overtuigd.
Hij ging naar de bisschop om hem zijn besluit te vertellen.

Nathan bleef alleen achter in de werkkamer van zijn vader en schonk een glas rode wijn voor zichzelf in. Hij hief het kristallen glas omhoog naar het schilderij van Nathaniel waar nog altijd de rode streep van hun vorige ontmoeting op te zien was.

'Dank u vader voor uw inspirerende voorbeeld,' zei hij met valse lach.

The Kings Head, Valmore, Fernwood

Een paar dagen later was alles officieel geregeld bij de notaris. Nathan was graaf van Everly Hall. Maar dit keer geen groot balfeest om het te vieren met de adel en Europese vorstenhuizen. Nathan had een andere manier bedacht om zichzelf te introduceren bij het volk. En hij zou er geen gras over laten groeien. Hij liet zijn zwarte merrie opgetuigd bij hem brengen door een stalknecht en ging er vandoor met een vastberaden blik in zijn ogen. Hij was op weg naar het centrum van Valmore, een lange rit, waarbij hij zijn gedachten de vrije loop kon laten. Hij stopte bij de herberg waar hij de laatste maanden wel twee of drie keer per week te vinden was, *The Kings Head,* en dacht aan de redenen die hem naar deze eenvoudige herberg brachten. Het was zijn toevluchtsoord geworden, want het landhuis van de Everly`s verstikte hem. Zijn wegkwijnende oom Rupert, zijn gelovige broer, de ouwe tang die te veel wist, zijn vrouw waar hij niks om gaf en overal die vreselijke schilderijen. Hier in de herberg kon hij zichzelf zijn, voor even iedereen vergeten. Alleen de manier waarop eindigde steeds op dezelfde wijze. Hij bezatte zich tot diep in de nacht om zijn geplaagde geest te verlossen, om vervolgens in de beste kamer van de waard zijn roes uit te slapen. Hij dacht aan de brutale hoer die zich enkele weken geleden aan hem wilde opdringen in zijn kamer en hoe hij haar afwees. De afkeer voor deze walgelijke vrouwen was groot. Prostituees waren des duivels, gehuld in een verleidelijk lichaam, die enkel en alleen maar uit waren op geld en macht. Hij haatte ze. Nadat hij haar hardhandig had verjaagd door haar met zijn riem de kamer uit te slaan, durfde geen enkele andere hoer hem meer te benaderen. Deze kamer was alleen voor hem en zijn gedachten. En telkens was daar weer de nieuwe dag die begon met een kater en daarna het besef dat hij weer terug moest gaan naar Everly Hall. Bij thuiskomst was er altijd dezelfde ruzie met Evina over waarom hij weer niet thuis was gekomen die nacht. Gelukkig had ze hem nog geen nakomeling gegeven. Het was beter zo. In het begin van hun huwelijk kon ze hem redelijk bekoren. Maar het idee dat ze zwanger kon raken zinde hem niet. Sindsdien sliepen ze beiden apart en leefden langs elkaar heen. Zijn kijk op het leven was drastisch veranderd. De oude naïeve Nathan was dood en begraven net als zijn vader. Hij was graaf nu en zou daar ook naar handelen. Strategisch en doeltreffend.

Nathan stapte de herberg binnen en liep rechtstreeks naar de waard.

'Hij zit daar op u te wachten, mijn graaf,' zei de eigenaar op zachte toon en wees naar een tafeltje in de hoek.

Nathan draaide zich om en keek naar de breed uitziende man die hem ook had opgemerkt. Hij was een pijp aan het roken. Hij wilde opstaan, maar Nathan gebood hem te blijven zitten. De man had kleine donkere kraalogen, een spitse neus en een volle donkere baard en snor, waarschijnlijk om zijn smalle gezicht te verbloemen. Een opvallend litteken liep dwars over zijn linkerwang.

'Quin, Elliot Quin?'

'Ja, de enige echte.
Wat kan ik voor u betekenen?'

'U weet wie ik ben?'

'Ja, de nieuwe graaf van Everly Hall en het graafschap Fernwood als ik mij juist heb laten informeren.'

Nathan knikte. Hij schoof aan en leunde voorover op de tafel om dichter bij Elliots gezicht te komen.

'Dit is een vertrouwelijk gesprek.
Als hier ook maar één woord van uitlekt, laat ik je tong eruit rukken.
Is dit duidelijk?'

De man was niet onder de indruk van zijn dreigende taal.

'Wat u wilt, graaf Everly,' zei hij nonchalant.

'Goed, ik zal meteen ter zake komen, ik zoek een opzichter.
Iemand die vindingrijk genoeg is om mijn huis en landgoed te beschermen, maar ook iemand die inzetbaar is voor meer, hoe zal ik het zeggen, persoonlijkere wensen.
Iemand die dus alles voor mij wil doen, ongeacht of die persoon dit rechtvaardig vindt of niet.
Daar tegenover staat een forse beloning die uitgekeerd wordt in goud.
En indien ik zeer tevreden ben, kan dit zelfs een eigen huis met grond opleveren.
Geheimhouding voor elke opdracht is een vereiste.
Hebben wij een overeenkomst?'

Elliot lachte breeduit en schudde zijn hand.

'Wanneer kan ik beginnen?'

'Vanavond al.
Zie deze eerste opdracht als een serieuze test.
Slaag je dan ben je vanaf morgen bij mij in vaste dienst.'

'Wat is de opdracht?'

Nathans ogen vulden zich met haat.

'Hoe goed ben je met vuur en vlammen?
Er is iets wat hoognodig verwarmd moet worden.
Verbrand je iets van mij, dan kun je mijn vurige wraak
terugverwachten.
Luister…'

Juni 1657, Valmore, Fernwood

Harde regen viel op haar versleten mantel. Het was ooit één van haar lievelingsstukken geweest, bordeauxrood en van zacht fluweel, maar nu niets meer dan een oud vod met scheuren en gaten. Haar haren hingen los en verward over haar schouders, haar eens zo zachte handen waren ruw en haar lippen droog. Evelyn liep moedeloos door de nauwe straten van de grote stad. Vierentwintig juni. Zo had ze haar achttiende verjaardag een jaar geleden niet voorgesteld. Geen debutante op het bal, geen grandioos feest, geen jurk waar haar moeder het hele jaar hard aan had gewerkt. Maar vooral geen familie die haar omringde… en geen Gareth. Niemand. Elke dag was weer een nieuw gevecht om te overleven. Hoe had het zover kunnen komen dat zij hier moederziel alleen moest rondzwerven, bedelend voor eten en onderdak. En dat allemaal in een tijdsbestek van nog geen twee maanden. Evelyn zocht naar een plek om te schuilen voor het steeds slechter wordende weer. Het afdak van een chique kledingwinkel die ze passeerde leek haar geschikt. Ze keek door het raam naar binnen en zag de mooiste jurken hangen die ze zelf ook eens droeg in een ander leven. De deur ging plotseling wagenwijd open en een bekend gezicht stapte naar buiten.

Angelica Foster, niet zij! jammerde Evelyn in zichzelf.

De adellijke jongedame keek haar met een afkeurende blik aan, haalde haar neus op en liep met haastige passen weg. Had ze haar niet herkend? Of erger, misschien wilde ze haar niet meer kennen. Hoe had ze haar ooit zo hoog kunnen achten en zelfs durven hopen op een hechte vriendschap? Hoe ver kon ze ernaast zitten. Maar de tijd terugdraaien was onmogelijk. Ze moest overleven. De winkeleigenaar kwam naar buiten met een furieuze blik in zijn ogen.

'Jij weer, ga heen!
Hier is geen plaats voor smerige meisjes zoals jij.
Ga maar schuilen bij die andere straatratten.'

Evelyn was woest.

De hufter!
Hij moest eens weten hoeveel geld hij aan ons heeft verdiend de afgelopen jaren.

'Ik ga al, wees maar niet bang dat ik je winkel besmet,' zei ze bits.

Ze liep een willekeurige straat in. Haar maag knorde. Het was alweer een dag geleden dat ze iets had gegeten. Ze keek om zich heen en zocht naar alles wat eetbaar was. Op de grond vond ze uiteindelijk een half stuk brood.

Wonderlijk wat mensen zomaar weggooien.

Ze maakte aanstalten om het brood op te pakken toen iemand het voor haar neus wegkaapte.

'Voor mij sloerie!'

Een lange man met afgeraffelde kleding en een ranzige dranklucht uit zijn mond, nam een flinke hap. Hij ontblootte zijn gelige, rotte tanden. Evelyn gruwelde.

'Bah, schimmel, maar beter dan niets.
Wat doe jij hier eigenlijk zo alleen, meisje?
Kom je mij een beetje gezelschap houden?
Ik weet wel een mooi plekje om samen te schuilen voor de regen, hèhè.
Enne… ik wil je wel belonen.
Ik geef je dit brood in ruil voor wat lichaamswarmte.'

'Vieze smeerlap, ik eet nog liever modder dan dat jij me ook maar met één vinger aanraakt.'

'Is dat zo juffie, volgens mij heb jij niet veel te willen.
En er is niemand hier die het interesseert.'

De man greep haar hard bij haar arm en sleurde haar een steegje in. Evelyn schreeuwde, waarop hij zijn hand stevig op haar mond drukte. Ze spartelde tegen en probeerde hem te schoppen, maar hij bleek zo sterk als een beer. Hardhandig gooide hij haar op de grond en maakte aanstalten om haar aan te randen, toen een ijzeren staaf tegen zijn hoofd werd geslingerd. De bruut viel ter plekke neer.

'Zo *lassie*, daar heb je geen last meer van.
Kom, snel weg van hier, dit is geen plek voor jonge vrouwen.'

Evelyn keek recht in het gezicht van een vriendelijk ogende man met een rossige baard en ruiten wollen muts. Hij reikte haar zijn hand en hielp haar omhoog.

'Brennan McDougal is de naam, de beste smid van Valmore en omstreken, je kunt mij vertrouwen.
Ik breng je naar mijn vrouw Adaira, zij zal je verder helpen.'

Evelyn overweeg snel haar opties. Ze had geen andere keuze dan met hem mee te gaan. Alles was beter dan hier achter te blijven in de goot bij die smerige zatlap.

Na een wandeling van een half uur kwamen zij aan bij een huisje naast de smederij aan de rand van de stad. Een flinke vrouw met eveneens rossig haar, kwam naar buiten en keek met verbaasde ogen naar Evelyn.

'Wat voor de duivel heb je nu weer in huis gehaald Brennan? Ik vroeg je om een kip te halen op de markt, maar jij brengt een heel kalf mee!'

'Luister lief, ze stond op het punt verkracht te worden door je weet wel.
Diegene die ze Linke Lennie noemen.'

Adaira bekeek Evelyn plots met hele andere ogen en ontfermde zich moederlijk om het verkleumde, vermagerde meisje.

'Kom, ga eerst maar eens in bad.
Daarna wil ik je verhaal horen en sla geen enkel detail over.'

Evelyn liep met haar naar een klein achterkamertje waar een zinken kuip stond. Voor het eerst in tijden verscheen er een glimlach op haar gezicht. Adaira vulde het lauwe water in de kuip aan met kokend water en hielp haar uit haar klamme vodden. Plots bleef de vrouw als verstijfd staan kijken naar haar hals. Ze keek alsof ze een geest had gezien.

'*Lassie*, hoe kom jij aan die ring?'

Evelyn greep het juweel in een reflex.

'Met alle respect mevrouw, maar dat is privé.'

'Ik dacht het niet.
Ik heb maar één persoon in mijn hele leven gekend die dezelfde ring droeg aan een ketting, hier gesmeed door mijn mans eigen handen!
En zijn naam is Gareth.
Kom, leg de ring in mijn hand, ik wil het zo graag van dichtbij bekijken.
Je kunt mij echt vertrouwen.'

Evelyn zag de ogen van de vrouw vochtig worden, alsof er een diepere betekenis lag in de herinnering aan deze ring.

'Nee, ik heb iemand een belofte gedaan om deze altijd bij mij te dragen en hieraan zal ik mij houden.
Je kunt me niet dwingen!'

'*Lassie*, ik heb Gareth gekend en hij moet heel veel van je gehouden hebben om je zijn waardevolste bezit te geven.
Ik zou nooit de ring van je kunnen afpakken.
Ga maar in bad en vertel me alsjeblieft alles en vooral, waar hij nu is.
Ik zou hem zo graag nog een keer willen zien.'

Evelyn huilde.

'Dat zal niet gaan mevrouw.
Hij is weg, echt weg,' riep ze met een brok in haar keel.

Everly Hall, Fernwood

'Scheer jullie weg stelletje pottenkijkers anders laat ik de honden los,' schreeuwde Elliot Quin naar een groepje mensen.

'Maar wij komen hier slechts om de dode te eren,' sprak een oudere vrouw met bloemen in haar handen.

'Niets mee te maken, wegwezen!'

Zij schrokken van de dreigende taal van de opzichter en verlieten het landgoed met haastige passen. Nathan had hem van op afstand gadegeslagen, kwam naderbij en klopte Elliot op zijn schouder.

'Ik zie dat je al indruk op het gepeupel maakt, goed zo.
Wat hadden ze hier eigenlijk te zoeken?'

'Ze wilden bloemen leggen op het graf van uw oom Rupert.
Het is pas een week geleden dat hij is heengegaan en sommigen denken dat zij recht hebben om hier te zijn.'

'Ach zo.
Ja, het verlies raakt ons allen, maar zij hebben niet het recht om zomaar mijn landgoed te betreden.
Je hebt goed gehandeld, maar dit mag niet nog eens gebeuren.
Geef opdracht aan de timmermannen om een groot hek te plaatsen bij het bospad, zodat ze hier niet meer ongezien kunnen rondsluipen en koop meer waakhonden.
Dit moet afgelopen zijn!'

Een nare frons verscheen op zijn voorhoofd.

'Weet je Elliot, zij denken dat ze het allemaal zo slecht hebben, maar ik heb toch echt de grootste verliezen geleden het afgelopen jaar.

The Royal Dream, mijn goudmijn en erfenis, is vernietigd met al zijn waardevolle goederen.

Nog steeds heb ik te kampen met schuldeisers en teer ik op het geld van de Cassingtons om dit te overbruggen.

Dit is denigrerend voor een man zoals ik, leunend op het geld van mijn vrouw!

Dit kan zo niet langer.

Al die zogenaamde sloebers hoor ik alsmaar klagen dat ze geen belasting kunnen betalen, dat ze altijd wel één of andere ziekte onder de leden hebben, maar wel altijd blakend van gezondheid in de herberg kunnen drinken.

Waar betalen ze dat van?

Ze hebben niets te klagen!

De vruchtbare grond die ze al generaties lang van ons pachten voor een schijntje, had genoeg moeten zijn.

Maar nee, zij blijven komen, bedelen en schooien als straathonden.

Aanpakken, zeg ik je!

Om mee te beginnen wil ik geen zuiplappen meer zien rondom mijn eigen huis, geen hoeren meer op elke hoek van de straat en geen gelukszoekers.

Als je een echte noorderling bent uit Fernwood, dan zul je werken voor je eten.

Ze zullen voelen wie de baas is.

Mijn vader heeft ze veel te lang de hand boven hun miezerige hoofden gehouden om ze te vriend te houden.

Maar zij zijn geen vrienden, zij zijn mijn instrumenten die ik bespeel.

Quin, pak je paard en rijd naar notaris Calby in Valmore.

Laat hem een officieel document opstellen voor wettelijke pachtverhoging voor iedere boer en ondernemer in Fernwood. En een boeteclausule voor elke huurder die niet op tijd betaald. Ik wil dit document verhonderdvoudigd uitgeschreven en opgehangen terugzien in het hele graafschap.

Het is tijd dat ze weten wie de baas is.

Ga!'

Huize McDougal, Valmore, Fernwood

Drie dagen waren er verstreken sinds zij door de McDougals werd opgevangen in hun huis. Evelyn was dankbaar voor hun gastvrijheid. Ze knapte zienderogen op. In ruil hielp ze Adaira mee met het huishouden zo goed ze kon wanneer Brennan aan het werk was in de smederij. Ze had over het echtpaar ontdekt dat ze al lang samen waren, dat zij vijftien jaar geleden vanuit de Schotse Trossachs naar hier waren gekomen voor een beter bestaan. Het was een zware start voor hen geweest, het opzetten van een smederij in het graafschap Fernwood. De mensen zagen hen in het begin als profiteurs, buitenstaanders, maar zij gaven niet op. Brennans werk was echt vakmanschap zoals je het nog maar zelden zag. Hij wist de mensen voor zich te winnen en een goedlopende zaak op te bouwen in de stad Valmore. Het echtpaar vertelde Evelyn van alles. Maar het was slechts oppervlakkig, dat had ze wel door. Ze vermeden opzettelijk *de ring* en *Gareth* in de hoop dat zij uit zichzelf zou gaan praten. Ze begon de McDougals langzaamaan te vertrouwen. Waarom zouden ze haar anders in huis houden, terwijl ze hen niets te bieden had van enige waarde? Behalve datgene wat ze gemeen hadden. Gareth. Vaak stond ze op het punt haar hart te luchten en de vragen te beantwoorden waar het echtpaar zo graag op hoopte. Maar ze kon het niet.

Op een avond kon Adaira niet langer zwijgen. Ze liep onrustig te ijsberen door de woonkamer, zwaaiend met een doek in haar hand.

'Goed *lassie*, ik zal de eerste zijn die zal praten over Gareth, jou lief.

135

Ik zie dat het je verdriet doet telkens wanneer je zijn naam hoort. Maar luister naar wat ik je te vertellen heb, misschien helpt het je om toch te praten.'

Evelyn nam plaats op een stoel. Ze voelde zich ongemakkelijk, omdat ze geen idee had wat deze vrouw wist over Gareth. Adaira legde geruststellend haar hand op haar schouder.

'Evelyn, zoals je weet hebben wij geen kinderen.
Maar er is een tijd geweest dat wij voor iemand zorgden.
Een jongen, die wij gingen zien als onze eigen zoon.
Wij vonden hem op een koude winterdag voor onze deur, verkleumd en vermagerd, net als jij.
Hij was niet ouder dan een jaar of twaalf.
Maar ik zou nooit die helderblauwe ogen vergeten die mij zo vriendelijk aankeken.
Wij namen hem onder onze hoede.
Het was een stille jongen, betrouwbaar dat zeker, maar hij liet weinig los over zijn oude leven.
Het lag blijkbaar erg gevoelig bij de jonge *lad*.
Wij hebben er daarom nooit over doorgevraagd.
Mijn man leerde hem smeden.
Daarbij hoefde hij niet te praten, alleen te werken met zijn handen en zijn verstand.
Het werk lag hem goed.
Het enige wat hij wel aan ons kwijt wilde, ging over de zilveren ring met de groene steen.
Hij droeg deze altijd losjes aan zijn toen nog dunne vinger.
Het was zijn enige bezit, en vertelde ons dat deze van zijn moeder was geweest.
Een Schotse vrouw.

Aan zijn woorden kon ik horen dat hij veel van haar gehouden had en dat ze voortleefde in zijn hart.

Brennan maakte een ketting voor hem zodat hij de ring nooit kon verliezen.

Tijd verstreek, te snel als ik er nu op terug kijk.

Hij groeide op tot een sterke, intelligente jongeman.

Op een dag, ik denk dat hij achttien jaar was, kreeg hij het op zijn heupen.

Hij was ons enorm dankbaar voor wat we voor hem gedaan hadden, maar hij wilde op eigen benen staan en de wereld ontdekken.

Maar het was niet de voornaamste reden.

Ik merkte, dat ondanks dat hij zich bij ons thuis voelde, hij altijd op zijn hoede was.

Rusteloos en gespannen, alsof iets of iemand op elk moment zijn wereld kon afpakken.

En achteraf gezien denk ik zelfs dat hij weg is gegaan om ons te beschermen.

Het blijft een mysterie.

Dat is alles wat wij je over Gareth kunnen vertellen, Evelyn.

Wij hielden van hem alsof hij ons eigen kind was.'

Tranen gleden over Evelyns wangen. De woorden van de vrouw hadden haar diep geraakt. Zij was als een moeder voor hem geweest. Zij had recht te weten wat er na zijn vertrek was gebeurd. Evelyn had eindelijk de kracht om Adaira haar verhaal te vertellen. Over hun eerste ontmoeting in Cornwall, hun liefde, hun belofte, het afscheid en de zwarte dag waarop kapitein Thornton het vreselijke nieuws bracht over het vergane schip. Adaira schrok. Dit nieuws had ze niet zien aankomen en maakte haar intens verdrietig.

'Hij is dood?
Mijn jongen, dood?'

Evelyn pakte haar hand stevig vast om haar te troosten en vertelde verder:

'Sindsdien is mijn leven bergafwaarts gegaan, Adaira.
Een neerwaartse spiraal.
Mijn moeder en ik konden het verdriet nauwelijks aan, maar tijd om in alle rust te rouwen werd ons niet gegund.
Twee maanden geleden werden wij in het holst van de nacht opgeschrikt door rook en vuur.
Ons huis stond in lichterlaaie.
Wij konden maar nauwelijks ontsnappen uit de vlammenzee.
Een ongeluk, was onze eerste gedachte, maar niets bleek minder waar.
Dit was opzet, aangestoken.
We merkten het aan alles en iedereen, want de dag erna wilde niemand ons meer kennen of helpen.
Alsof we misdadigers waren.
Mensen die wij voor jaren kenden en als goede vrienden beschouwden, lieten ons in de steek en wij werden gedwongen op straat te leven.
Ik hoorde ze fluisteren en roddelen dat mijn vader een misdadiger was die voor de piraterij had gekozen en zelf zijn eigen schip in brand had gezet.
Hij zou er vandoor hebben willen gaan met de geldkisten en de waardevolle vracht.
Leugens, maar ze geloofden het stuk voor stuk.
Ik vernam zelfs dat ze ons zomerhuis in Cornwall in de verkoop hadden gezet.
Ook dat waren we kwijt.

Na de brand leefden mijn moeder en ik buiten van de straat.
Ze kreeg koorts en een longontsteking en is een maand geleden overleden.
Zij ligt in een kil naamloos graf zonder een waardige begrafenis te hebben gehad.
Sindsdien zwerf ik rond.
Ik weet niet wie mijn familie zo intens haat.
Ik ben alles en iedereen kwijt, behalve deze ring.'

Plots keek Adaira haar aan met een mysterieuze blik in haar ogen. Ze stond op.

'Nee, zo mag het niet aflopen, dat kan niet!
Weet je wel zeker dat Gareth echt dood is?
Je hebt alleen het woord en de namenlijst van die Thornton.
Er is een manier, een oud Schots gebruik, om erachter te komen of hij nog leeft of niet.
Dit kan alleen met een voorwerp omgeven door pure liefde.
Geef me de ring, vertrouw me.'

Haar woorden brachten Evelyn in verwarring. Wat bedoelde ze? Ze keek in de oprechte smekende ogen van de vrouw die van Gareth had gehouden met heel haar hart. Wat voor kwaad kon het? Ze had niets meer te verliezen. Evelyn haalde de ketting met daaraan de ring van haar hals en legde deze in de handpalm van de vrouw. Adaira hield het juweel hoog in de lucht en sprak een vreemde zin:

Silver ring, show the love that once was.
Find his beating heart, and help the bonnie lass.

De Schotse vrouw stak een kaars aan en hield de ketting recht boven de vlam. De ring hing stil. Evelyn durfde niet te kijken en hield haar handen voor de ogen.

'Wees niet bang *lassie* en kijk naar wat de ring je wilt vertellen.'

Evelyn opende haar ogen en zag de ring plotseling onnatuurlijk snel uit zichzelf roteren boven de kaars. De groene steen die was bevestigd in het zilver schitterde alsof het zonlicht erin gevangen zat. Dit was niet logisch.

'Hoe kan dit?' vroeg ze met trillende stem.

'Twijfel nooit aan het mystieke, aan datgene wat je niet kunt verklaren.
Soms is er meer om ons heen dan het oog laat zien.
Ik verzeker je dat hij leeft.
De ring is gaan draaien, zijn hart klopt dus nog.
Het leven dat je wilde mag je niet opgeven.
Ik weet niet waar hij is of wanneer je hem weer zal zien.
Maar één ding is zeker, hij komt bij je terug.
Deze oude Schotse test spreekt waarheid.
Het is altijd zo geweest voor generaties lang en zal altijd zo blijven.
Hij leeft.'

'Wat ben je aan het doen, vrouw?' riep Brennan die hen had gadegeslagen bij de deur.

'Heb je weer je oude trucjes gebruikt om dat meisje de stuipen op het lijf te jagen?
Geef haar geen valse hoop.

De kans dat Gareth een vuurzee en piraten heeft overleefd is kleiner dan het vinden van een gouden zandkorrel op Ollydroch Beach!'

Adaira keek hem boos aan.

'Brennan McDougal, zwijgen!
Als de oude Keltische geesten hebben gesproken dan is dat de waarheid.
Spot niet met hen!
Heb ik het ooit bij het verkeerde eind gehad?
Wel?'

Brennan gromde en gaf schoorvoetend toe dat ze gelijk had. Net als haar moeder en haar oma en alle generaties vrouwen die voor haar kwamen. Zij hadden het altijd bij het juiste eind.

Juni 1657, Praia, Kaapverdië

'Schiet op jullie drie, jullie zijn laatste.
Aan boord nu, anders schip vertrekken,' sprak de Portugese kapitein in gebroken Engels.

Het aftands uitziende vrachtschip lag klaar voor vertrek in de haven van Praia. De drie mannen versnelden hun passen, liepen de uitgeklapte loopplank op en ploften neer op de eerste de beste plek die ze konden vinden. Het was druk op het schip. Meer mensen waren aan boord dan eigenlijk was toegestaan. Maar de kapitein profiteerde van hun ellende. Hij nam een groot risico door in dit gebied te komen en vroeg iedere passagier dan ook meer geld dan gebruikelijk was.
Het was pas de tweede keer in een half jaar tijd dat een schip dit beruchte gebied durfde binnen te varen. Sinds de ramp met *The Royal Dream* werden de Kaapverdische Eilanden overspoeld door piraten. Deserteurs, dieven en moordenaars uit Spanje en Portugal, maar ook Engelsen, Fransen en Nederlanders maakten deel uit van de steeds groter wordende bendes. De oorzaak lag bij de handel met de Caribische koloniën die stagneerde. Matrozen verloren hun werk en degenen die niet sterk in hun schoenen stonden, kozen al snel voor de verlokkingen om schepen te enteren en te plunderen. Geen enkel land durfde sindsdien hun schepen met kostbare goederen en goud te laten uitvaren. Er moest eerst een plan van aanpak worden gemaakt om de meedogenloze piraten te verdrijven. De kolonisten verwachtten dat er soldaten gezonden zouden worden om hen te helpen, maar niemand kwam. Gezamenlijke beslissingen tussen de koninkrijken werden vooralsnog niet genomen. De machtige bevelhebbers en de koningen hadden belangrijkere zaken aan

hun hoofd in hun eigen land. Dit was een schandvlek die ze zo lang mogelijk wilden negeren. Voor degenen die in de Cariben achterbleven, de gedupeerde kolonisten en overlevenden van deze piraterij, zat er niets anders op dan te wachten op een schip van wie dan ook, die hen mee terug wilde nemen naar het vasteland van Europa.

Het Engelse vrachtschip, dat aanvankelijk de kisten zou oppikken die Barley`s mannen in de haven van Praia hadden klaargezet, was nooit op bestemming aangekomen. Er werd verteld dat het op open zee was geënterd en vergaan.

Sinds de ramp was er slechts één ander schip aangemeerd om de eerste slachtoffers naar Europa terug te brengen. Zij waren de gelukkigen. Het schip was afkomstig uit Jamaica. Puur geluk, want uit de omgekeerde richting kwam niemand meer. Tot nu.

De drie jonge mannen staarden rusteloos voor zich uit. Dit was niet het avontuur waar ze een jaar geleden voor getekend hadden. Het begon zo mooi, maar het ging in rook op, letterlijk. Riley hield zich vast aan de reling van het schip en keek met gemengde gevoelens naar het eiland dat een steeds kleinere stip werd. Hier hadden zij bijna zeven maanden noodgedwongen moeten overleven. Hij keek naar beneden naar de jonge Tom. De vrolijke jongen van weleer was verdwenen. Voor hem zat iemand met een hard gezicht, getraumatiseerd door wat er gebeurd was. Die dag van de ramp met *The Royal Dream* zou hij niet snel te boven komen. Zijn rechter onderarm was verbrijzeld door de laatste ontploffing die volgde op een hele reeks, vlak voordat zij van boord konden springen. De stomp was een blijvend aandenken voor de rest van zijn leven. Riley schudde zijn hoofd. In zijn gedachten keerde hij terug naar de eerste weken na de ramp. Alle overlevenden, en dat waren er niet veel, werden in een groot houten gebouw ondergebracht wat normaal gesproken diende als opslagruimte voor handelswaar en drinkwater. Er werden provisorisch bedden geplaatst. Lokale bewoners hielpen de gewonden te verplegen zo goed als mogelijk was. Er was slechts één dokter aanwezig op het hele eiland, een Portugees, maar vakkundig genoeg. Hij zette de onderarm van Tom af. Net op tijd, de wond begon al te ontsteken en tekenen van rotting te tonen. Het duurde weken voordat hij weer opknapte, maar hoe hij eens was, zou hij nooit meer zijn. Sindsdien sprak hij zelden en staarde met lege ogen voor zich uit. Riley was dankbaar dat hij er zelf zonder kleerscheuren vanaf was gekomen. De Ier hielp de dokter mee, zo goed als hij kon en tekende elk vrij moment dat hij had om zijn zinnen te verzetten. De schetsen leverde hem wat muntgeld op tijdens zijn gedwongen verblijf. Het schetsblok was het enige van waarde wat hij nu nog bij zich had aan boord van dit schip. De derde man, die naar het voordek was geweest, kwam terug.

'Ik heb de kapitein gesproken en als alles goed en veilig verloopt, zullen we begin november aankomen in Lissabon. De zeewind is ons gunstig gestemd.'

'Dat is goed nieuws Gareth,' zei Riley.

De jongeman van Arlow had de ramp ook weten te overleven. Net als Riley keek hij naar het groene eiland in de verte, de tropische kleuren die eerst zo`n grote indruk op hem maakten, stonden nu voor alles wat hij verafschuwde. Hij haatte deze plek. Een jaar geleden had hij Evelyn nog in zijn armen en beloofde hij haar naar Stonebridge te gaan zodra hij zou aanmeren in Arlow. Om daar aan kapitein Barley de hand van zijn dochter te vragen. Zou ze weten dat hij nog leefde? Zou ze op hem wachten? De onzekerheid maakte hem razend. Maar het enige wat hij nu moest hebben, was geduld. Heel veel geduld tijdens deze lange reis om naar zijn Engeland terug te keren. De plek die hij eens wilde verlaten voor een beter bestaan. Hij lachte cynisch in zichzelf.

Het is de omgekeerde wereld.
Ik zou er alles voor over hebben om nu op Engelse grond te staan.

Hij dacht aan de kapitein. Hij had hem gered die vreselijke dag. Zij spoelden beiden aan op het strand waar lokale bewoners zich over hen ontfermden. Gareth zat onder de schrammen en blauwe plekken, maar had verder geen ernstige verwondingen. De kapitein daarentegen was er erg aan toe. Zijn been, dat onder een zware balk terecht was gekomen, moest net als Toms arm geamputeerd worden. Hij vocht voor zijn leven en was nauwelijks aanspreekbaar. Hij had veel bloedverlies en zware koorts waarbij hij veel ijlde. Toen hij uiteindelijk bij kennis kwam en later gezond werd verklaard, kon hij mee met het eerste schip dat sinds tijden aanmeerde in Kaapverdië. De meest gefortuneerde Engelse locals en mensen met de hoogste scheepsrang gingen met hem aan boord. Het drietal mocht niet met het schip mee. Sindsdien hadden zij niets meer van hem vernomen.

De kapitein kwam op het meest onwaarschijnlijke schip terecht wat denkbaar was. Een Engels kaperschip dat onofficieel in dienst was van meester-strateeg Oliver Cromwell. Het bestond niet op papier, alleen de missies telden. De kans dat ook maar iemand van het thuisfront zou vernemen dat de kapitein of wie dan ook nog leefde was minimaal. Deze tochten moesten geheim blijven want de Spaanse dreiging lag overal op de loer.

Evelyn zal denken dat haar vader dood is en over mij zal ze hetzelfde denken.
Ik zit hier gewoon weg te rotten.
Het lot is ons ongunstig gestemd.

Van meneer Oliver, de kapiteins rechterhand en goede vriend, was geen enkel spoor. De kans dat hij de aanslag had overleefd was zo goed als nihil.
Gareth ging naast Riley zitten op het houten dek en vulde hun bekers aan met vers drinkwater.

'Op Engeland, op onze vriendschap, en dat we er samen veilig aankomen!'

'Zo is het,' proostte de Ier.

Tom knikte enkel maar en nam met zijn bibberende linkerhand een slok.

Nadat de avond viel en de jongens ieder een tonijn en bonen te eten hadden gekregen, gingen zij liggen op jute zakken om te slapen. Gareth lag op zijn rug en keek naar de opkomende sterren. Hij sloot zijn ogen en zag Evelyn voor zich, mooi, sprankelend, zorgeloos. Hij miste haar. Voor even dommelde hij in, maar was te rusteloos om echt te kunnen slapen. Gareth rechtte zijn rug en opende zijn jas. Uit de binnenzak haalde hij twee brieven en bekeek ze met een ernstige blik. Hij zuchtte. Ze deden hem herinneren aan de plek waar hij ze vond:
Het was op het strand waar hij aanspoelde na de ramp met *The Royal Dream*. Het was een enorme chaos. Gewonden werden afgevoerd op provisorisch gemaakte houten brancards, overal zag hij bloedende en schreeuwende mannen. De bewusteloze

146

kapitein was al ondergebracht in de opvangplek tegen de tijd dat hij zelf bij kennis kwam. Alleen de jas van James was achtergebleven op het strand. In de binnenzak vond Gareth de brieven. Zij waren afkomstig van Evelyn. De eerste brief was gericht aan haar vader, de andere had geen aanhef, maar hij kwam er al snel genoeg achter dat deze woorden voor hem bedoeld waren. Hij had deze al ontelbare keren *zelf* gelezen en kende de woorden inmiddels uit zijn hoofd.

Het spijt me Evelyn om mijn leugen.
Je weet niet dat ik wel kan lezen.
Op een dag zal ik je alles vertellen, dat beloof ik je.

September 1657, Huize McDougal, Valmore

Het was laat in de avond toen zij werden opgeschrikt door een hard geklop op de deur. Kort daarop volgde een mannenstem in paniek.

'Alstublieft, laat me binnen.
Help me.'

Daarna werd het stil. Brennan die op het punt stond naar bed te gaan, schoof argwanend het gordijn voor zijn raam een klein stukje opzij. In eerste instantie zag hij niemand, want het was aardedonker buiten, maar toen het gekerm opnieuw begon, zag hij iemand op de grond liggen. Het was Sean Olsen, een oudere boer en weduwnaar die aan de rand van Valmore een stuk land bezat waar hij zijn koeien en schapen hield. Het was een goede vriend en één van de eerste mensen die het Schotse echtpaar welkom heette toen zij hier pas kwamen wonen. Brennan opende de deur en snelde naar buiten.

'Help me,' riep de man opnieuw.

Brennan bukte en schrok bij het zien van zijn gehavende gezicht. Het zat onder het bloed, zijn neus gebroken en zijn rechteroog gezwollen. De Schot hielp hem overeind en ondersteunde hem aan zijn arm naar zijn huis. Adaira en Evelyn, die in de achterkamer de laatste huishoudelijke klusjes van de dag aan het afronden waren, kwamen op het tumult af.

'Wat is er gaande?
Sean, heb je een ongeluk gehad?

Evelyn, ik heb gekookt water en schone doeken nodig, vlug!
Die wonden moeten ontsmet worden voor ze gaan ontsteken.'

Evelyn rende naar de keuken waar al eerder een grote ketel water aan de kook was gebracht voor het bad. Ze vulde een diepe kom en bracht deze naar Adaira. Haastig liep ze terug, pakte drie grote doeken uit de linnenkast en gaf ze aan de Schotse vrouw. Sean kermde bij elke aanraking van het vochtige doek op zijn diepe wonden. Brennan kon het gekerm van de man niet meer aanhoren en liep naar een kast waar een fles Schotse whisky op stond. Hij opende het, pakte een beker en schonk het tot de rand toe vol voor de jammerende man. En nam er daarna ook één voor zichzelf.

'Drink Sean, medicijn!'

Gretig dronk hij de sterke inhoud van de beker in slechts enkele teugen leeg. Hij zuchtte opgelucht. De warmte die naar binnen gleed door zijn keel deed hem goed.

'Wat is er gebeurd oude vriend?
Vertel het ons!'

Seans ogen vulden zich met tranen.

'Ik weet niet goed wat er precies gebeurd is, het ging zo snel.
Ik was bezig mijn dieren te voederen toen er plots een man bij het hek verscheen.
Hij keek mij zeer onvriendelijk aan.
Een duivel zeg ik je!
Hij zei niet veel, maar wat er uit zijn brutale mond kwam was dreigende taal.

Hij eiste geld uit naam van de graaf.

De pacht was al enkele maanden geleden verhoogd, zei hij.

Of ik het verschil meteen wilde betalen, want ik had een te grote achterstand of anders zou hij maatregelen nemen.

Hij hield een mes in zijn hand en zwaaide er wild mee vlak voor mijn gezicht, ai, ai ai.

Ik haastte mij naar binnen om de munten te pakken die ik nog had liggen en gaf het hem.

Ik ben een oude man zoals je ziet en ik woon al jaren alleen.

Ik kan niet terugvechten.

Maar het bleek niet genoeg en voor ik besefte wat er gebeurde, sloeg hij me in elkaar en vertrok hard lachend op zijn paard.'

Brennan was zichtbaar ontdaan door zijn verhaal.

'Kun je de man voor mij beschrijven?'

'Ja, dat demonische gezicht vergeet ik nooit meer.

Lelijk als de nacht, met duivelse kraalogen zo zwart als kool, een donkere baard en een vreselijk litteken dat over zijn gezicht liep.'

'Elliot Quin, de bastaard!'

Brennan balde zijn vuisten.

'Ik had al zo`n vermoeden.

Je bent helaas niet de eerste die hij te grazen heeft genomen.

Ik heb mijn ogen en oren overal zitten hier in Valmore en wat ik heb gehoord is niet veel goeds.

Hij is sinds dit voorjaar in dienst als opzichter bij die nieuwe graaf, Nathan.

Die jongen is heel anders dan zijn vader ooit was geweest.

Hij laat iedereen meer betalen dan ze kunnen en Elliot gebruikt hij als pressiemiddel.

Die bruut is meedogenloos, altijd al geweest.

We zullen allemaal meer op onze hoede moeten zijn.

De tijden veranderen en niet ten goede.

Maar kom Sean, vannacht blijf je bij ons.

Je hebt niemand anders die voor je kan zorgen.

Adaira neemt je mee naar boven waar we een extra bed voor je opmaken.'

'Dank je, je bent een echte vriend.'

De oude man stond voorzichtig op en Adaira hielp hem de trap op. Toen zij uit het zicht waren, richtte Brennan zich tot Evelyn.

'Nu ik dit zo heb gehoord, weet ik zeker dat het Nathan en die bruut zijn geweest die jouw huis hebben afgebrand en je vaders naam door het slijk hebben gehaald.

Zij begonnen hun heksenjacht bij James, maar hij zal zeker niet de laatste zijn.

Ik heb je vader een beetje gekend *lassie*, maar goed genoeg om te weten dat hij een rechtvaardige man was, net als Sean hier.

Allebei harde trouwe werkers die dit niet verdiend hebben.

Ik weet niet hoelang wij nog in Valmore kunnen blijven.

Wij Schotten, zullen zeker het mikpunt worden van Nathans razernij en jouw achternaam zal je ook niet helpen.

Voortaan vermijd je overal waar je komt de naam *Barley* voor je eigen veiligheid.

En Evelyn, als de tijd komt dat we hier niet meer veilig kunnen leven, gaan Adaira en ik terug naar Schotland.

Ik bied je de kans om met ons mee te gaan, als onze dochter, als een *McDougal*.
Denk er maar over na, maar niet te lang vrees ik.
De tijd dringt.
Voor nu wens ik je een goedenacht.'

Brennan verliet de woonkamer en liet Evelyn vertwijfelt achter.

Zolang ik niet zeker weet of Gareth nog in leven is, kan ik niet weggaan.
Ik moet op hem wachten en hoop houden op zijn terugkeer, hoe klein die kans ook is.
Ik zou het mijzelf niet vergeven als ik nu zou vertrekken zonder om te kijken.

Evelyn geloofde in de woorden van Adaira en in de kracht van de ring om haar hals. Maar er was wel degelijk gevaar. Ze dacht aan Nathan en zijn gezicht kreeg vorm in haar gedachte. De graaf die ze slechts één keer had gezien van op afstand bij zijn eigen huwelijk. Die kille, liefdeloze ogen. Een koude rilling trok door haar lichaam. Wat was de reden dat hij zoveel ellende aanrichtte? Macht? Geld? Of had hij gewoonweg plezier in het treiteren van onschuldige burgers? Zo was het nooit geweest onder Nathaniels leiderschap. Als dit het begin was van een periode vol haat, dan moest zij haar opties goed overwegen. Overleven was prioriteit.

November, 1657, Jerónimos, Lissabon, Portugal

In het late najaar kwam het schip aan in West-Europa. Het geluk was deze keer aan hun zijde geweest. Geen piratenschepen en langer oponthoud bij de Azoren dan nodig was. En er was meer geluk. Aan boord van het vrachtschip vingen zij per toeval een gesprek op tussen enkele matrozen. Het Engelse kaperschip waar kapitein James Barley maanden eerder op voer, had koers gezet naar Portugal en een tussenstop gemaakt in de havenstad van Lissabon om alle gewonde passagiers en vluchtelingen uit Kaapverdië van boord te laten gaan. Zij werden ondergebracht in een nabijgelegen klooster, Jerónimos. Deze havenstad was ook de eindbestemming voor het drietal.

Voor het eerst sinds lange tijd zagen zij de groene kust van het Europese vasteland. Het was niet hun thuisland, maar het gaf hen een euforisch gevoel. Riley, Tom en Gareth betaalden de kapitein het restant van het afgesproken bedrag. Munten, die zij onderweg verdiend hadden door zich in te zetten voor allerlei werkzaamheden. Zij gingen van boord. Hun doel was helder, eerst de kapitein vinden en daarna gezamenlijk terug naar Engeland.

Gareth had de afgelopen maanden voldoende tijd gehad om Portugees te leren van de bemanning op het schip en kon zich redelijk verstaanbaar maken.

Het enige positieve van deze hele nare tijd, dacht hij met een sarcastische lach op zijn gezicht.

Het drietal liep zwijgend over de brede kade. Het was lang geleden dat zij voet aan wal hadden gezet. Het was onwennig, maar gaf tegelijkertijd ook een vertrouwd gevoel. Gareth knoopte een gesprek aan met een lokale visser om de weg te vragen naar het klooster. De man praatte snel en Gareth moest zich goed concentreren om te begrijpen wat hij te vertellen had. De visser gebaarde veel met zijn handen en wees alsmaar naar links. Het drietal bedankte de man. Gareth vertaalde de woorden voor zijn vrienden:

'Het klooster ligt in de oudste wijk van de stad, Belém. Hij zei dat we het gebouw meteen zullen herkennen zodra we het zien.'

Laat in de middag kwamen zij aan bij het imposante klooster. De visser had niets te veel gezegd. Ademloos keken zij naar boven. De sereniteit die het gebouw uitstraalde maakte hen nederig. Het was volledig opgetrokken uit wit kalksteen. Torens, hoge pilaren en muren waren elk op kunstzinnige wijze uitgehakt in Gotische stijl. Riley klopte op de deur van een grote halfronde poort. Een kleine man in een pij deed open en keek hen vriendelijk aan. Gareth nam opnieuw het woord en vertelde hem over hun zoektocht naar een kapitein met de naam James Barley. De oude ogen van de man lichtten op. In gebroken Engels praatte hij terug:

'Barley, ja, vriendelijke man, maar hij niet alleen gekomen. Ook onvriendelijke vloekende man.'

De monnik liep naar binnen en wenkte hen hem te volgen. Het drietal volgde de sober geklede monnik door de lange kloostergangen. Licht scheen naar binnen door de openingen in de kalkstenen muren, uitgehakt in dezelfde Gotiek. De jonge mannen liepen door tot ze bij een open binnenplaats kwamen. Tom stopte toen hij een bekend tweetal zag zitten op een bankje in de tuin. De mannen zaten nietsvermoedend een pijpje te roken. Toms ogen straalden alsof er iets in hem ontwaakte. Na een lange periode van weinig woorden, hervond hij de kracht om te praten.

'Daar, Kijk!
Kapitein Barley en Oliver, zij leven nog!' zei hij opgewonden.

De twee mannen keken tegelijkertijd met een verbaasd gezicht richting de gang. Meneer Oliver trok de pijp uit zijn mond en keek met een grijns naar Tom.

'Carver, is het niet?
Het is nog steeds *Meneer* Oliver voor jou, hèhè.'

De oude man met zijn markante ooglapje grinnikte. Hij stond op en liep naar de jongemannen.

'Zoals je kunt zien vergaat zeewier niet.
Mij hebben ze niet klein gekregen, die Spaanse hoerenzonen.'

'Ja, dat is hem echt,' lachte Gareth en klopte hem op zijn schouder.

'Goed u te zien.
Hoe heeft u dit in hemelsnaam weten te overleven?
Iedereen dacht dat u dood was.'

'Dat is een onwerkelijk verhaal jongen, dat geloof je nooit.

Twee dagen na de ramp in Kaapverdië hebben ze mij gevonden op een stuk drijfhout.

Ik was aangespoeld op het strand van een verder weg gelegen eilandje, bewoond nog wel.

Vraag me niet hoe ik het overleefd heb tussen al die haaien.

Ik weet er niets meer van.

Ik had diepe zwerende wonden.

Een slavenfamilie heeft mij verzorgd en ik bleef bij hen totdat ik voldoende was aangesterkt.

Zij hebben mij uiteindelijk naar het kaperschip gebracht waar ik werd herenigd met jullie kapitein.

De vaart duurde lang.

Ik herinner me dat ik vooral veel heb geslapen.

Heel zelden zag ik de mysterieuze kapitein van het schip.

Hij was intelligent in zijn bewoording en gekleed als een Engelse edelman.

Toch was hij een piraat, maar met het hart op de juiste plaats.

Hij deed me denken aan Sir Francis Drake.

De beste man had gehoord van de ramp toen hij in Jamaica bivakkeerde, twijfelde geen moment en kwam als eerste en enige schip aan in Kaapverdië om ons te redden.

Een onderneming die niemand zou aandurven, behalve hij.

Hij haatte de Spanjaarden nog meer dan wie dan ook.

Wat zijn verdere beweegredenen ook waren hoefde ik niet te weten.

Ik weet niet eens zijn naam!

Hij heeft ons gered en dat is dat.

En zoals ik al zei, het was een lange vaart.

James en ik kwamen in verzwakte toestand aan in Lissabon, samen met een groep Portugezen, Engelse scheepslui en gevluchte kolonisten uit verschillende landen.

Het merendeel vertrok na een aantal weken of maanden alweer.

En weet je wie hier ook opdook?

Die gluiperd van een Lance Castlerigg!

Hij moet zich voor mij verstopt hebben aan boord van het schip, anders had ik die vuile bastaard eigenhandig het water in gesmeten.

Hij vertrok een half jaar geleden van deze plek om terug te gaan naar Engeland.

Ik heb nooit meer iets van hem vernomen.

De ondankbare hond, terwijl James hem altijd goed behandelde.

Ik ben als enige hier bij de kapitein gebleven.

Ik kon hem niet alleen laten in zijn vreselijke toestand.'

Riley keek naar James. Op de plek waar eens zijn linkerbeen zat, bevond zich nu een stomp tot net boven zijn knie. Het bracht gelijk herinneringen terug aan de dag dat hij het verbrijzelde been zag van zijn kapitein in Kaapverdië.

'Ja jongen, het was een zware tijd,' zei meneer Oliver kalm.

James nam het woord van hem over en vertelde verder:

'Een plaatselijke dokter in Kaapverdië heeft mijn been geamputeerd.

Deze man ging uiteindelijk ook mee aan boord van het schip om alle gewonden bij te staan.

Hij verdiende goed aan de rijkelui aan boord.

Iets te veel als je het mij vraagt.

Maar wat voor een keuze hadden we?

Ik kreeg een flinke terugval en heb maandenlang tussen bewusteloosheid en de dood geleefd aan boord van dat schip. Het was vreselijk.

Bij de Azoren konden zij mij beter behandelen.

Kapitein Miguel Astrodos, die jullie nog wel kennen, had een echte bekwame dokter in huis.

Hij kon mijn koorts breken en maakte een houten prothese voor mijn been.

Toen hij vernam wat ons was overkomen op *The Royal Dream*, heeft hij de vijf jongemannen die wij in Ponta Delgada hadden achtergelaten, amnestie verleend.

Dat was het minste wat hij kon doen om voor een paar families hun zonen terug te geven.

Ik ben hem daar heel dankbaar voor net als voor mijn prothese. Kijk!'

James hield een stevige houten stok omhoog.

'Werkt redelijk, maar ga kapot van de pijn telkens als mijn lichaam erop steunt.

Maar altijd nog beter dan als een hulpeloos schaap te blijven zitten.'

'Kapitein, zou ik u even alleen kunnen spreken?' onderbrak Gareth hem plots en keek hem met zijn indringende blauwe ogen serieus aan.

'Natuurlijk jongen, wij hebben zeker nog het één en ander uit te praten.'

De anderen verlieten de binnenplaats om het tweetal hun moment te geven. Meneer Oliver maakte de jongens wegwijs in het klooster. Gareth nam plaats op het bankje naast de kapitein. James greep Gareth stevig bij zijn hand.

'Laat mij eerst praten.

Te lang heb ik mij schuldig gevoeld en terecht.

Ik ben zo blij dat je nog leeft en dat ik je zelf, man tot man, eindelijk kan vertellen wat al zo lang aan mijn geweten knaagt.

Ik wil je mijn oprechte excuses aanbieden, omdat ik je vals heb beschuldigd van het verkrachten van die Afrikaanse vrouw.

Het spijt mij ten zeerste dat ik je niet meteen op je woord geloofde en wel op de leugens van Lance vertrouwde.

Wat heb ik mij vergist in die jongen!

Iemand van hoge afkomst is niet altijd een gentleman, dat blijkt maar weer.

En… ik ben meer over je te weten gekomen.

Allemaal dankzij een brief van…'

'U bedoelt deze?' zei Gareth en haalde de twee brieven van Evelyn tevoorschijn en overhandigde ze aan James.

'Hoe… hoe kom je hieraan?' zei James verbaasd.

'Deze heb ik gevonden toen ik bijkwam op het strand.

U was al verdwenen, alleen uw kapiteinsjas lag er nog.

Ik wilde het terugbrengen, maar kon u niet vinden in de chaos.

En toen ik u uiteindelijk gevonden had, was u voor lange tijd niet aanspreekbaar.

Daarbij hielden ze mij ook bij u weg.

Ik besloot de jas te houden, want de avonden waren er koud.

Ik vond de brieven in de binnenzak en… ik heb ze gelezen. Allebei.'

James keek hem met een glimlach aan.

'Houd die jas maar, ik kan hem toch nooit meer gebruiken. Niemand wil nog een mankepoot als kapitein.

Maar ik dwaal af.
De brief aan jou, daar wil ik het over hebben.'

James greep zijn hand en keek hem recht in de ogen.

'Evelyn houdt veel van je, dat maak ik op uit haar woorden.
Zij vertrouwde je haar hart toe, wie ben ik dan om daar over te oordelen.
Als jij nog steeds hetzelfde voor haar voelt als toen in Trennagan, dan geef ik jullie mijn zegen wanneer dit allemaal achter de rug is.'

'Ik hou nog steeds van haar, kapitein Barley, met heel mijn hart.
Uw respectvolle woorden betekenen alles voor mij.'

Plots betrok het gezicht van James.

'Dat is precies wat ik wilde horen en dat brengt mij tot het volgende punt.
Er is iets wat je voor mij moet doen, luister goed.
Met mijn been kan ik voorlopig nog niet terug naar Engeland.
Ik moet verder revalideren, maar jij kunt wel gaan.
Zodra de winter voorbij is en de schepen in maart weer zullen vertrekken, ga jij met het eerste schip mee dat hier uitvaart.
Vind mijn vrouw en Evelyn en zeg hen dat ik nog leef en spoedig bij hen zal zijn.
Voor zolang ik hier zit heb ik brieven gestuurd naar Stonebridge dat ik in orde ben, maar ze worden niet beantwoord en dat baart mij veel zorgen.
Ik weet niet wat er daar gaande is, maar ik hoop dat jij dit voor mij wilt uitzoeken.

Neem Riley en Tom met je mee, meneer Oliver en ik zullen nog wat langer in Lissabon moeten blijven.
Wil je dit voor mij doen en voor Evelyn en Emma?'

'Ik geef je mijn woord, kapitein Barley.
Ik zal niet rusten voordat ik alle antwoorden heb.'

James klopte hem dankbaar op zijn schouder en ging verder.

'Ik heb nagedacht hoe je jezelf in de tussentijd nuttig kan maken.
De schepen vertrekken pas weer als de lente is begonnen, tot dan kun je in het klooster werken.
De monniken zitten verlegen om sterke mannen zoals jij en jouw Ierse vriend Riley.
Reparaties, schilderwerk, stallen schoonhouden.
Jij kunt zo aan de slag en het loont bovendien.
Voor Tom zullen we iets anders moeten vinden nu hij een arm mist, maar de monniken weten wel raad.
Van het geld dat jullie hier verdienen, kunnen jullie de overtocht betalen en nog wat overhouden om drie paarden te kopen om door Engeland te reizen.'

'Goed plan, kapitein.
Ik waardeer het zeer, maar waarom zou ik nu al niet te paard naar Frankrijk gaan en daar bij de haven van Bretagne een boot naar Engeland nemen?'

'Je hebt het zeker niet gehoord?
Je komt de grens niet eens over, ook al zou je het willen.
Er heerst grote onrust, Frankrijk is in oorlog met Spanje en wordt tegelijkertijd in zijn eigen binnenlanden overspoeld door georganiseerde bendes, deserteurs en opstandelingen.

Jij bent je leven daar niet veilig.'

Gareth zag zijn kans om eerder terug te keren in rook op gaan.
Dan bleef alleen het plan van James overeind.

'Hard werken is een goed idee, het zal de tijd versnellen.
Alleen… als we in de lente vertrekken, zullen het maar twee
passagiers worden.
Tom doet zich tegenover u beter voor dan hoe hij zich in
werkelijkheid voelt.
Hij is nog jong en zal om moeten leren gaan met het verlies van
zijn arm.
Om eerlijk te zijn, hij is een geestelijk wrak na alles wat hem is
overkomen.
U bent waarschijnlijk de enige die tot hem door kan dringen om
hem de wil van het leven terug te geven.
U heeft hetzelfde meegemaakt.
Tegen u zal hij opkijken.'

'Ik had het niet beter kunnen verwoorden noorderling,' sprak
een bekende rauwe stem.

Meneer Oliver kwam vanachter een brede pilaar tevoorschijn.
Hij was al een tijd terug van zijn rondleiding en had
meegeluisterd met hun gesprek.

'Gareth, jij ouwe zeerot, wat hoor ik nu, heb jij brieven gelezen?
Ik wist wel dat je dat kon!
Ik heb alles gehoord, hèhè.
Die dag in *The Old Whale* dacht je mij voor de gek te houden
met die handtekening, maar ik wist wel beter.
Waarom heb je daar al die tijd zo moeilijk om gedaan, jongen?'

Gareth keek hem geschrokken aan maar wist zich te herpakken.

'Iedere man heeft zijn zo zijn eigen geheimen, nietwaar meneer Oliver?
Uw heilige voornamen bijvoorbeeld!
Dat ik kan *lezen* klopt inderdaad en meer wil ik er niet over kwijt.'

'Ik wist wel dat er meer in jou zat dan dat je deed voorkomen.
De tijd zal het leren wie je werkelijk bent, Gareth Palmer.'

Gareth schudde geïrriteerd zijn hoofd.

'Ik ben wie ik ben, niets meer en niets minder.
Houd u zich maar bezig met uw eigen geheimen.
U bent hier immers in een klooster en omringd door heiligen.
Precies hetgeen wat u verafschuwt, geeft u nu onderdak.'

Gareth verliet de binnenplaats zonder nog een woord te zeggen en liet een grommende meneer Oliver achter bij de kapitein.

'Hèhè, geniepige bastaard.'

Gareth liep doelloos rond en verloor zichzelf in de eindeloze lange gangen van het klooster. De woorden van de kapitein galmden nog na in zijn hoofd.

Evelyn, ik kom naar je toe.
Geduld moet ik hebben tot het voorjaar aanbreekt en er weer een schip zal uitvaren.
Dat duurt eigenlijk te lang, maar ik heb weinig keus.
Geef mij niet op, vergeet me niet, ik kom terug.

Gareth kwam aan bij een kleinere deur die half open stond. Nieuwsgierig liep hij naar binnen en kwam in een rijkelijk versierde kerk uit. Er stond een prachtig marmeren altaar met een gouden monstrans erop, het plafond was hoog en helder en aan de muren hingen enkele grote Christelijke schilderijen. Regenboogkleuren schenen naar binnen door de Gotische glas in lood ramen.

Zoveel werk voor een geloof in één man.
Waar was u toen wij u nodig hadden en het vuur ons teisterde?

Voor hem zag hij een hoge versierde grafkist waarop een gedetailleerd marmeren beeld van de overledene op geplaatst was. *Vasco da Gama,* las hij op een plakkaat.

'De eerste echte ontdekkingsreiziger uit het grote Portugal.
Tweehonderd jaar geleden dat de wereld werd wakker geschut.
Die eerste legendarische reizen, de ronde wereld over.
En wat hebben we sindsdien bereikt?
Uitbuiting, slavernij en piraten.
Goed dat u dit niet meer hoeft mee te maken, meneer da Gama.'

Gareth boog eerbiedig voor de kist en liep weg op zoek naar zijn vrienden.

December 1657, 1ᵉ kerstdag,
Everly Hall, Fernwood

Evina klopte op de deur van de kamer, wachtte niet beleefd op antwoord, maar ging meteen naar binnen. Ze wist dat de oude Prudence nog altijd niet kon praten vanwege haar beroerte, maar wel haar aanwezigheid op prijs stelde op dit uur van de dag. De oude lady Everly zat in een leunstoel voor het raam naar de besneeuwde heuvels in de verte te staren.

'Sneeuw op eerste kerstdag, hoe wonderlijk is dat,' zei Evina om een alledaags gesprek te beginnen.

Prudence draaide haar hoofd naar de jonge vrouw toe en knikte. Evina kon de gebaren die de oude gravin maakte redelijk goed begrijpen. Zij was de enige persoon in dit grote huis waar ze een goede band mee had sinds ze hier was komen wonen na de bruiloft. Vaak voelde ze zich als gravin van Everly Hall eenzamer dan de oude vrouw die het grootste deel van de dag alleen in haar kamer zat. Het getrouwde leven met Nathan was alles wat ze niet verwachtte. In het begin vond ze het leven hier geweldig. Het enorme landhuis was indrukkend en in het eindeloos doorgaande landgoed kon ze urenlang wandelen. Nathan was een aantrekkelijke jongeman en zij deelden het bed. Het was niet zo mooi en romantisch als ze zich had voorgesteld, maar wie had haar kunnen vertellen hoe het zou moeten zijn. Er was gevoel aan haar zijde en dat was meegenomen in dit vooraf bepaalde verstandshuwelijk. Ze had gehoopt dat dit fijne gevoel ook bij hem zou groeien net zoals bij haar ouders was gebeurd. Maar haar hoop werd haar al snel ontnomen. Na enkele weken wilde hij haar al niet meer in zijn slaapkamer. Er was geen enkele genegenheid, geen romantische momenten of mooie woorden. Naarmate ze Nathan beter leerde kennen, en dat was lastig, want hij was als een gesloten boek voor haar, behandelde hij haar steeds vaker als een voorwerp dan als mens. Alleen tijdens balfeesten of belangrijke zakendiners met de adel, toverde hij zijn gemaakte glimlach tevoorschijn. En nu het kerstmis was, miste zij haar familie uit York meer dan ooit. Hij wilde geen feest en vooral geen genodigden. Het huis was weliswaar prachtig versierd, dat gunde hij haar nog wel, maar het ontnam de kilte niet. De muren kwamen op haar af, het benauwde haar. Ze voelde zich een gevangene. Het dieptepunt was echter nog niet bereikt. Dat was gisteren, op kerstavond, de ontdekking die ze deed.

Na de nachtmis op kerstavond werkte Nathan nog lang door in zijn werkkamer en zij besloot naar haar kamer te gaan om te slapen. Ze liep door de bovenste hal richting haar eigen kamer, maar stopte bij die van Nathan. De slaapkamer waar ze samen zo weinig in hadden doorgebracht. Misschien kon ze hem toch nog bekoren als ze wist wat hem zo bezighield? Of misschien kon zij hem op de juiste manier afleiden van zijn zaken en hun huwelijk meer passie geven. Ze opende de deur en liep naar binnen. Er was nauwelijks iets veranderd. Ze streek met haar hand over het zijden laken op het hemelbed.

Misschien vanavond, zoals man en vrouw horen samen te zijn?

Haar ogen dwaalden af naar het sierlijk gevormde Franse nachtkastje. Een huwelijksgeschenk uit Parijs van haar tante Eugenie. Een lange goudkleurige sleutel stak uit het slot. Nieuwsgierig draaide ze het een halve slag linksom en schoof de bovenste la open. Er lag iets vreemds in wat er niet hoorde.

Ze hield het voorwerp in haar hand en kreeg de schrik van haar leven.

Dit kan niet waar zijn!
Een vergissing, dit kan hij onmogelijk op zijn geweten hebben.

Plots sloeg de deur hard achter haar dicht. Vlug schoof ze de la dicht en keek in het woedende gezicht van Nathan.

'Wat doe jij hier vrouw, ben je aan het rondsnuffelen?
Je weet toch dat je hier niet mag komen?'

Ze wist nog precies wat ze tegen hem zei om geen argwaan bij hem te wekken en misschien meende ze op dat moment wel elk woord:

'Nathan, het is bijna kerstmis.
Gun je het mij niet om voor één keer ons te gedragen als een getrouwde man en vrouw.
Ik ben hier om je te beminnen, mijn echtgenoot, niet om je kamer overhoop te halen.
Sta open voor ons, laat mij toe in je hart en je ziel,' waarna ze haar jurk uit wilde trekken.

Maar wat ze op dat moment bereikte zou ze nooit meer vergeten. Nathan had haar vernederd tot op het bot en joeg haar de kamer uit. Huilend viel ze die avond in slaap op haar eigen bed. De hoop die ze eerder nog koesterde was verdwenen. Ze walgde van hem.

Midden in de nacht werd ze badend in het zweet wakker. Nachtmerries teisterden haar over *de ontdekking*. Ze moest iets ondernemen. Ze verliet haar kamer. Opnieuw sloop ze ongezien naar Nathans vertrek en controleerde eerst of hij daar was. Precies zoals ze verwachtte was hij weg, waarschijnlijk naar herberg *The Kings Head*. Ze opende de la en pakte het kleine voorwerp eruit en maakte dat ze wegkwam.

En nu zat ze in de kamer bij de enige persoon die ze vertrouwde om haar hart bij te luchten.

'Lady Prudence,' snikte ze.

'Ik moet u iets vertellen, een geheim.
Ik heb gisterenavond iets vreselijks ontdekt en u bent de enige aan wie ik mijn verhaal kwijt kan.'

Prudence gebaarde de jonge vrouw naast haar te komen zitten en keek haar met bezorgde ogen aan. Evina vertelde haar alles. De oude gravin hoorde de woorden aan en schudde vol onbegrip met haar hoofd. Evina omhelsde haar.

'Dank u voor een luisterend oor.
Ik weet dat u niets kunt doen, maar dat ik mijn hart kan luchten betekent veel voor me.'

Evina wilde net vertrekken toen Prudence haar keel schraapte en met heel veel moeite de woorden probeerde te zeggen die ze al zo lang op haar hart had liggen.

'Vind... V... E...'

'U praat, een waar kerstgeschenk!
Wat moet ik voor u vinden, eten?
Vind eten of... heeft u medicijnen nodig?

Bent u iets verloren?'

Prudence schudde *nee* met haar hoofd en probeerde het opnieuw, maar dit keer bleef haar stem weg. Evina legde een blaadje papier met een veren pen en inktpot naast haar, maar haar oude reumatische vingers zetten geen enkele letter op het vel. Het was hopeloos. Ze zat opgesloten in haar eigen aftakelende lichaam, terwijl haar geest nog zo helder was als een frisse lentebloem. De geheimen in haar eeuwenoude familiehuis stapelden zich op en ze kon niets doen om Evina te helpen. Toen de jonge gravin weg was gleed er een traan over haar wang.

Ver buiten hun zicht woedde een grote brand op een afgelegen plek op het landgoed. Nathan keek met ogen vol haat naar de opgestapelde schilderijen van meerdere generaties Everly`s die langzaamaan opgingen in de vlammen. Dit was iets wat hij niet langer wilde uitstellen. Hij genoot zichtbaar van de hitte wat in schril contrast stond met de sneeuw die de tuinen bedekte. In zijn handen hield hij het laatste schilderij. Het was het portret van zijn vader Nathaniel, waarvan de rode wijnstreep nog duidelijk te zien was als een bloedende traan onder zijn oog.

'Nog even en alle beelden van jou en je voorgangers zijn weg. Ik kan je woorden niet wissen, maar dit is een goed begin. Gelukkig Kerstfeest vader, graaf van leugens,' en hij smeet het portret op de brandende stapel.

Nathan voelde zich opgelucht, bevrijd, alsof hij het verleden nu pas echt kon loslaten. Hij riep zijn opzichter Elliot Quin bij zich.

'Ik heb een nieuwe taak voor je, luister…'

April 1658, De terugreis

De lente had de winter eindelijk vervangen. De Portugese schepen vertrokken vanuit de haven van Lissabon naar nieuwe bestemmingen. Een maand later dan zij hadden verwacht. De winter was streng geweest. Sneeuw en vorst reikten tot diep in de heuvelachtige binnenlanden en had zelfs een deel van het water bij de haven bevroren.

Gareth en Riley gingen aan boord van één van deze schepen, nadat ze afscheid hadden genomen van James, meneer Oliver en Tom. Zij betaalden de Portugese kapitein met de zilverstukken die zij de afgelopen maanden verdiend hadden. Het was genoeg om zich een kajuit te kunnen veroorloven gedurende de reis. Het schip waar zij op voeren was traag en gammel en maakte verschillende tussenstops om te handelen. Het irriteerde Gareth des te meer. Hij wilde zo snel mogelijk naar Engeland. Hij had te veel tijd verspild op zee en in vreemde oorden waar hij niet thuishoorde. Maar elk uur en elke dag dat het schip verder noordwaarts voer, bracht het hem dichter bij Evelyn.

Er waren sindsdien enkele dagen verstreken. De zee was kalm. Gareth leunde over de reling en keek naar de sterren aan de hemel. Hij wilde deze nacht niet in zijn kajuit, maar in de buitenlucht doorbrengen, net zoals hij die zomerse nachten doorbracht op het strand van Trennagan. Zijn ogen werden moe van het staren naar de duisternis. Hij ging zitten op een lege ton en viel in slaap.

In zijn droom kwam hij aan op de afgesproken plek in Stonebridge waar hij haar beloofd had naartoe te komen.
Bij de kliffen van High Heather Top.

Het was er ruig, het landschap bedekt met rotsen en paarse
heide, gevormd door de harde zeewind.
Hij wachtte en wachtte tot zijn geduld werd beloond.
Daar zag hij haar.
Evelyn.
Zij liep geruisloos als een godin naar hem toe.
Ze droeg slechts het wollen deken waarmee hij haar koude
lichaam eens bedekte.
Haar lange haren hingen los en wapperden mee op de deining
van de wind.
Ze keek hem sensueel aan en wenkte hem.
Ze was een vrouw nu, volwassen, en van hem alleen.

'Evelyn, Evelyn,' riep hij vol verlangen in zijn stem.

Hij strekte zijn armen en viel met een harde klap op de grond.

'Verdomde idioot die ik ben,' praatte hij hardop en wreef op de
pijnlijke plek op zijn hoofd.

'Je moet niet dromen op een ton Gareth, hoe mooi die droom
ook is.
In Ierland hebben ze daar een gezegde over,' lachte Riley.

Een lege ton is alleen waardevol als de inhoud ervan al in je
maag zit.

Wel, volgens mij zit er geen drank in je maag, alleen
onbereikbare dromen in een onnozel hoofd.'

Gareth keek in het gezicht van de lachende Riley die hem verder overeind wilde helpen, maar Gareth duwde nukkig zijn hand weg.

'Ben geen klein kind,' gromde hij.

'Vertel mij eens wat meer over jouw Evelyn,' vroeg de Ier om van onderwerp te veranderen.

'We kennen elkaar al lang, maar over persoonlijke zaken hebben we nooit gesproken; alsof we toen andere mensen waren.
Vertel me hoe ze is en ik zal haar voor je tekenen door jouw ogen.'

'Ik wist niet dat je ook portretten deed?'

Riley opende zijn tekenboek dat al bijna vol was en liet hem zijn schetsen zien. *James Barley*, *Meneer Oliver* en zelfs de *dokter uit Praia* stonden erin. Zeer nauwkeurig tot in het kleinste detail.

'Dat is een waar talent wat je daar hebt, Riley.
We hebben het er eigenlijk nooit over gehad, maar hoe komt een Ier op een Engels schip als *The Royal Dream* terecht?
Als jij mij jouw verhaal vertelt, vertel ik je alles over Evelyn.'

'Akkoord,' zei de Ier.

'Het is eigenlijk heel simpel.
Ik heb een tekentalent, het is mijn leven en mijn passie.
Maar waar mijn hart het meest om gaf, konden ze thuis niet waarderen, laat staan begrijpen.

Ik was de oudste zoon en was voorbestemd de boerderij van mijn vader over te nemen.

Toen ik hem vertelde wat ik werkelijk met mijn leven wilde doen, een tekenaar of schilder worden, liet hij mij kiezen.

Boer worden of verbanning uit de familie.

Ik koos het laatste en maakte een nieuwe start in Engeland.

Een zware keuze, maar ik betreur het niet.

Als ik het over moest doen, met de kennis van wat ik nu weet en wat we hebben meegemaakt, zou ik precies hetzelfde doen.

En jij Gareth, bent meer familie voor me dan wie dan ook.

Ik zie je als mijn broer.

Al hebben we geen bloedband, ik zal er altijd voor je zijn als het nodig is.'

'En dat geldt ook voor mij.

Ik deel je leed.

De jaren voordat ik ging varen waren ook niet zo mooi.'

Zijn gezicht betrok.

'Maar... dat vertel ik je liever een andere keer.

Wil je weten hoe ik Evelyn heb ontmoet?

Het was op een mooie warme zomerse dag in juni in Cornwall...'

Riley luisterde naar zijn verhaal en schetste tegelijkertijd. Hij kon zijn brede grijns nauwelijks onderdrukken.

'Haha, jij bent compleet gek, Gareth!

Jij vraagt een meisje al na vier dagen ten huwelijk en geeft haar ook nog eens je enige bezit.

Je moeders ring.

Maar… je bent een goeie gek, trouw met een romantische ziel.
Weet je zeker dat je niet Iers bent?
Evelyn mag zich heel gelukkig prijzen.
In Ierland hebben we daar een mooi gezegde over:

Better a fool in love than a love that's foolish.
'

'Houd eens op met die gezegdes van je!
Misschien heb ik inderdaad mijn verstand verloren, maar ik kan
het mij niet voorstellen dat ze mij vergeten is of haar hart aan
een ander heeft geschonken.'

'Ik hoop dat je gelijk hebt Gareth, maar mij zal zoiets niet zo
snel overkomen.
Ik ben een denker, geen dromer zoals jij.
Mijn verstand speelt altijd de baas over mijn gevoel.
Dat is altijd al zo geweest.
Wel vreemd eigenlijk, want als ik teken is het juist mijn gevoel
dat spreekt.
Alleen dan.'

'Dan ben je de ware vrouw nog niet tegengekomen.
Let maar op Riley, zodra ze voor je staat denk dan maar eens
terug aan je Ierse gezegde, haha.'

Het was halverwege de maand mei dat het schip in de nacht
aankwam in Engeland. Het eerste wat Gareth de volgende dag
bij het opkomen van de zon zag, waren de steile witte kalkrotsen
van Dover. Hij werd zichtbaar emotioneel bij het zien van deze
natuurlijk gevormde lange muur die hij als iets vanzelfsprekend
had beschouwd. Maar nu sloot hij dit beeld voor altijd in zijn
hart. Hij was thuis. Bijna.

Beide mannen gingen van wal en zegden de kapitein gedag. Riley kuste zo blij als een kind de grond onder zijn voeten. Hij trok veel bekijks, maar het kon hem niets schelen.

Op aanwijzingen die meneer Oliver hen in Lissabon had gegeven, wisten zij het koetshuis te vinden in de drukke havenstad waar ook paarden en benodigdheden werden verhandeld. Zij kochten twee zwarte hengsten, twee stevige lederen zadels en enkele zakken met haver.

De reis naar het noorden nam bijna twee maanden in beslag. Zij maakten noodzakelijke tussenstops in grote drukke steden en levendige havenplaatsen. Zij namen elk werk aan dat zij konden vinden om hun beurs en magen te vullen. Riley verdiende met zijn schetsen die geïnteresseerde voorbijgangers kochten en Gareth hielp degenen die sterke mensen nodig hadden voor sjouwwerk, voornamelijk laden en lossen van zware kisten bij de haven. De warme zomer was hen gunstig gestemd. Slapen deden ze zoveel mogelijk in de buitenlucht om geen overbodige uitgaven te hoeven maken.

Begin juli naderden zij de bosgrens vanwaar het Graafschap van Fernwood begon. Zij besloten dat hier hun wegen tijdelijk zouden scheiden. Gareth had Riley verteld over de McDougals, het Schotse echtpaar waar hij als kind voor een tijd bij had gewoond.

'Ga naar hen toe, vertel ze dat ik nog leef en dat jij mijn beste vriend bent.
Vertel Adaira dat ik haar *haggis* met *neeps* en *tatties* erg mis.
Ze zullen je helpen en onderdak verschaffen.
Ik kom zo snel als ik kan naar je toe… samen met Evelyn.'

Beide mannen namen afscheid, spoorden hun paarden aan en reden ieder een andere kant op.

Na enkele uren gereden te hebben zonder te stoppen, kwam Gareth aan bij Stonebridge, Evelyns geboortedorp, waar de huizen ver van elkaar vandaan stonden in een ruig glooiend landschap. Nog even, dan kon hij haar in zijn armen sluiten net als in zijn droom. Zijn hart klopte hevig in zijn borst. Harder en sneller spoorde hij het paard aan. Het dier hijgde en brieste. Het pad dat hij volgde liep rakelings langs steile kliffen. Daar ergens, nabij het hoogste punt met de naam *High Heather Top*, stond haar huis. Gareth minderde vaart en steeg af. Met de teugels in de hand keek hij om zich heen. Evelyn had het huis nauwkeurig beschreven. Een groot witgeverfd houten huis met een donkergrijs stenen dak, omringd door paarse heide en rotsen, met in de verte de ruisende zee. Hij liep verder van de klif af en zocht in alle richtingen. Het was een verlaten open gebied. Het zou niet al te moeilijk moeten zijn het huis te vinden. Gareth volgde een smal pad naar boven en stopte halverwege. Wat hij zag, choqueerde hem. Enkele meters verderop stond een zwartgeblakerd geraamte van wat eens een huis moest zijn geweest. Het was het enige bouwwerk langs de hele klif. Een zwaar vermoeden drong door in zijn gedachten. Hij rende het vervallen huis in wat slechts voor een klein deel nog overeind stond.

Nee, dit kan het huis niet zijn.
Ik moet me vergist hebben in de locatie, het kan niet anders, praatte hij zichzelf moed in.

Hij wilde het huis verlaten toen hij zijn oog liet vallen op een glanzend voorwerp. Tussen de grauwe as en het verbrande hout zag hij een parelmoeren haarklem. Hij voelde een schok door zijn lichaam. Gareth raapte de klem met trillende vingers op en bekeek het van dichtbij. Het was overduidelijk van Evelyn. Hij herinnerde haar woorden over dat het een geschenk was geweest van haar moeder voor haar zeventiende verjaardag, een uniek handgemaakt exemplaar. Het kwam precies overeen met zijn herinnering van de haarklem die hij vond op het strand na hun eerste ontmoeting. Gareth kreeg een waas voor zijn ogen en zocht als een bezetene naar een lichaam tussen het puin. Hij vond niets, maar dat ontnam hem niet dat vreselijke gevoel in zijn maag. Hij strompelde het vervallen huis uit. Hij liep door tot aan de rand van de kliffen tot hij niet meer verder kon. Hij keek naar de hoge golven beneden hem. Het was vloed. Hij fixeerde zijn blik op één punt in de zee. Telkens wanneer er een golf op de branding sloeg, voelde het alsof er een deel van zijn gebroken hart werd meegenomen, de diepte in. Hij zakte door zijn knieën en schreeuwde tot hij niet meer kon.

'Evelyn, je kunt niet dood zijn, niet nu ik eindelijk hier ben!
Laat me weten of je nog leeft.
Geef me een teken, alsjeblieft...'

Gareth staarde voor uren naar de zee en de helderblauwe hemel. Hij wachtte tevergeefs op een teken totdat de pijn hem te veel werd. Terneergeslagen verliet hij de klif en ging een eind verderop liggen tussen de paarse heide en wachtte tot de avond viel. Hij keek naar de opkomende sterren die verschenen en dacht aan de korte maar onvergetelijke momenten in Cornwall die hij met haar deelde. Bij deze mooie gedachte viel hij in slaap.

Juli 1658, Valmore, Fernwood

Riley stapte af van zijn paard toen de stadspoort van Valmore in zicht kwam. Een breed uitziende soldaat, gekleed in de officiële rode jas van het Britse leger, blokkeerde de toegang met zijn musket. Hij eiste een aantal Pennies als tolgeld. Riley tastte in zijn buidel en gaf de uitdrukkingsloze man met grote tegenzin wat munten. Naar zijn mening veel te veel. De wachter opende de poort en met de teugels in de hand liep Riley met zijn paard de binnenstad in. Hij was hier nog nooit geweest, maar had een goed idee van wat hij kon verwachten door de verhalen die Gareth hem verteld had. Een levendige, bruisende stad vol met kraampjes, winkels, vertier en vermaak. Maar bij de eerste aanblik sloeg de twijfel toe. Was hij wel in de juiste stad terechtgekomen? Waar hij ook keek heerste er een vreemde sfeer, een bedrukte stilte. Ramen en deuren waren gesloten, ratten zaten tussen het vuilnis dat verspreid op straat lag en de enkeling die wel buiten was, liep hem zonder gedag te zeggen haastig voorbij. Het verval was overal merkbaar. Hij liep verder een lange smalle straat in die uitkwam op een groot centraal plein. Tot zijn afgrijzen zag hij de reden van deze grimmige sfeer. Op een verhoogd platform hingen drie mannen aan de galg. Aan hun lichamen te zien hingen ze er nog niet zo lang, maar de stank was ondraaglijk. Riley hield met zijn hand de kraag van zijn blouse voor zijn mond om zijn opkomende overgeefneigingen te onderdrukken. Wat was hier in hemelsnaam aan de hand? Vooraan bij het platform zag hij een jonge vrouw staan. Riley zocht toenadering.

'Goedendag mejuffrouw, ik ben nieuw in deze stad.

Valmore is het toch?
Wat is hier gaande?'

De jongedame schrok op uit haar gedachte en keek hem met waterige rode ogen aan.

'Ja, dit is Valmore of wat er nog van over is.
Nieuwe wetten en strenge optredens zijn hier aan de orde van de dag.
Je hebt de *Redcoat* gezien bij de poort?
Zo lopen er hier meerdere rond en niet om het volk te beschermen, maar juist om ze aan te pakken met harde hand!
Mensen die het eens goed hadden worden nu gedwongen om het verkeerde pad op te gaan, omdat ze geen andere keuze hebben.
Ze veranderen in dieven, zwervers of verkrachters en zelfs moordenaars.
En... dat hebben we allemaal te danken aan Nathan Everly.'

Ze sprak zijn naam uit met zoveel haat in haar stem dat het de Ier van zijn stuk bracht. Riley wist niet wat hij moest zeggen. Dit was een regelrechte ramp. Hij wierp nog eens een blik naar de bengelende mannen boven hem en verbijsterd keek hij naar één van de gezichten. Hij herkende hem. Deze persoon was wel de laatste die hij hier verwachtte. Het was Lance Castlerigg, de hufter van *The Royal Dream*, degene die Gareth het leven zuur maakte.

Nu weten we hoe het jou is vergaan.
Wie kwaad aanricht, zal de duivel vergezellen.

Hij wendde zijn hoofd vol afschuw weg van het platform. Hij wilde weg van deze vreselijke plek en zei de vrouw gedag.
Evelyn keek hem na.

Ga maar snel weg uit deze verrotte stad vreemdeling, alles is beter dan hier.

Ze keek omhoog naar de drie mannen die ze allemaal kende op hun eigen manier. Lance Castlerigg, de zoon van officier George Castlerigg, vriend van haar vader; de oude boer Sean Olsen, die ze nog niet zo lang geleden had leren kennen bij de McDougals, en de viezerik Linke Lennie die haar wilde verkrachten. Ieder had zijn eigen leven geleid, schuldig of onschuldig, arm of rijk, hun eigen manier om te overleven. Maar toch eindigden zij hier samen aan de galg. Niemand verdiende het om op deze manier te sterven.

Allemaal dankzij Nathan.

Net zoals hij haar moeder en haar huis had afgenomen, waren ook deze mannen slachtoffer van deze meedogenloze graaf. Ze kon het vreselijke uitzicht niet langer verdragen en vertrok met een vastberaden blik in haar ogen.

Riley slenterde verward door de lege straten. Het droevige gezicht van de jonge vrouw bleef in zijn gedachten hangen. Ze kwam hem bekend voor, maar waarvan?

Zou het kunnen?

Hij pakte zijn schetsboek en bladerde door naar één van de laatste tekeningen die hij had gemaakt. Hij keek naar het portret van Evelyn, een mooie jonge vrouw met lange lichtbruine haren, door de ogen van Gareth vol passie beschreven.

'Een ware meester ben je die niet onder doet voor de groten van deze tijd,' had hij hem gecomplimenteerd ten tijde van de zeereis.

Riley keek nog eens goed. Er waren vele mooie jonge dames die aan haar beschrijving konden voldoen, maar wat vooral de doorslag gaf, was de ketting om haar hals met daaraan een zilveren ring met een groene steen. De vrouw op het plein droeg eenzelfde ring. Er bestond geen twijfel over. Zij was Evelyn! De Ier sprong op zijn paard en haastte zich terug naar het plein. Maar van Evelyn was geen enkel spoor meer te vinden. De enigen die hij zag staan, was een kleine groep zeer gedisciplineerde Redcoats. Ze leken in druk overleg met elkaar, alsof er iets gaande was.

Het zal toch niet waar zijn dat ze haar hebben meegenomen?

Hij zocht in elke steeg en straat naar een aanwijzing, maar ze was nergens te zien.

'Gareth draait mijn nek om als hij dit hoort.
Heilige Patrick, sta me bij!
Gareth is voor niets naar Stonebridge gegaan.
Hij zal haar daar niet vinden.
Zij is hier of... was hier.
Ik moet naar de smederij van de McDougals, daar zal Gareth naartoe komen zoals we hadden afgesproken.'

Hij spoorde zijn paard aan en vertrok.

Everly Hall, Fernwood

Evelyn was niet meegenomen door de Redcoats. Integendeel.
Ze had een eigen plan. Ze verdween snel uit de stad door de
eerste de beste koetsier aan te houden die ze zag. Nu ze er weer
netter gekleed bijliep, dankzij Adaira`s hulp, keken de mensen
niet meer op haar neer. Evelyn nam plaats op de bank van de
koets. Ze keek opgelucht, want er zat niemand anders.

'Waar wil je heen meisje?' zei de gezette koetsier en keek haar
argwanend aan.

'Everly Hall, en er is haast bij.'

'Eerst betalen, juffie!
Iedereen denkt hier zomaar gratis te kunnen meerijden.
Jij lijkt me erg jong om zomaar alleen naar dat landhuis te gaan.
Wat heb je daar te zoeken?'

'Ik ben volwassen en maak mijn eigen beslissingen, meneer.
Wat ik daar wil doen zijn uw zaken niet.'

Evelyn legde het gevraagde geld in zijn hand, waarna de man
met zijn dikke worstvingers de teugels nam en zijn paard
aanspoorde om te vertrekken.
Het bosrijke heuvelachtige landschap dat haar eens zo bekoorde,
trok aan haar voorbij zonder enig plezier.
Na een rit van enkele uren stopte de koetsier voor de hoofdpoort
van het landgoed van de Everly`s.

'Wil je ook nog terug, juffie?

Ik kan op je wachten, zo druk heb ik het de laatste tijd toch niet meer.'

'Nee bedankt, dit kan nog wel even duren.'

Ze knikte de man gedag en liep naar de hoge vergulde poort. Het zat op slot zoals ze al had verwacht. Evelyn keek omhoog en schrok. Aan weerszijden van de poort liep een eindeloos lang smeedijzeren hekwerk dat het landgoed afschermde. De bovenrand was ter afwering uitgevoerd met scherpe ijzeren punten. Het hek was een harde grens die zelfs doorliep tot ver in het bosgebied. Dit was nieuw en bedoeld om buitenstaanders te weren. Maar Evelyn wilde niet opgeven en liep richting de eerste bomen die tegen het smeedwerk aangroeiden.

Ik kan klimmen, dat heb ik eerder gedaan.

Ze rolde haar mouwen op en bond haar jurk omhoog. Evelyn beklom tak voor tak totdat ze uiteindelijk een viertal meters boven de grond uitkwam. Ze keek naar beneden. De boom was breed en had lange overhangende takken. Ver genoeg om de andere kant te kunnen bereiken.

Dit moet lukken.

Met haar armen wijd balanceerde ze over de langste tak welke door haar gewicht doorboog. De laatste meter sprong ze naar beneden en landde op het gras. Ze nam de omgeving in zich op om te oriënteren waar ze precies was. In de verte zag ze de torens van het landhuis opdoemen. Evelyn rende zo hard ze kon door het hoge gras en daarna over de stenen paden van de aangelegde tuinen. Buiten adem stond ze uiteindelijk voor de ingang van het huis. Evelyn herpakte zich snel, rechtte haar rug en schreeuwde luidkeels:

'Nathan, Nathan, ik weet dat je er bent, jij vuile schoft!
Kom hier, dat ik je kan zien met eigen ogen als de lafaard die je bent!
Nathan, Nathan!
Je hebt alles van mij afgepakt, mijn familie, mijn huis, mijn stad, maar mij niet.
Er is nog één Barley over die je niet kapot kunt maken.
Kom hier, bastaard!'

Een kleine beweging vanachter een gordijn in één van de torenkamers ving haar blik. Het was Nathan. Hij had haar opgemerkt. Eindelijk zag ze het gezicht wat ze zo intens haatte. Ze greep een steen van de grond en smeet het zo hard ze kon tegen het glas. Een *krak* volgde en een stervormige barst verscheen op het raam. De jonge graaf was verdwenen.

'Lafbek!' schreeuwde ze.

Plots hoorde ze een blaffend geluid in de verte. Twee zwarte Rottweilers kwamen snel op haar afgerend. Evelyns hart bonkte in haar keel van schrik. Dit had ze niet zien aankomen. De honden liepen dreigend om haar heen, hun valse ogen op haar gericht. Op het moment dat ze dacht dat de beesten haar te lijf wilden gaan, hoorde ze een harde stem die hen beval te stoppen.

'Alexander, Brutus, hier komen!'

De waakhonden keerden zich langzaam van haar af en gingen zitten voor een breed uitziende man met een zwarte baard. Het was Elliot Quin, de opzichter.

'Zo meisje, wat ben je ver van huis?'

In zijn hand hield hij een musket en richtte deze op het gezicht van Evelyn.

'Ik weet wel wat ik nu met jou ga doen, wat er met al jullie klaplopers gebeurt.
Meekomen!'

'Nee, nog niet,' riep een kalme stem achter hem.

Het was Nathan.

'Zo snel kom je niet van mij af, meisje.
Niemand noemt mij een bastaard, zeker niet het piraten uitschot dat de naam Barley draagt.'

Evelyn werd razend.

'Mijn vader is geen piraat!
Hij is kapitein van het vrachtschip *The Royal Dream* en heeft meer onderscheidingen ontvangen dan jij in je hele leven ooit zal verdienen.
Ik ben trots om zijn dochter te zijn.
Jij hebt zijn goede naam door het slijk gehaald na zijn dood, je hebt mijn huis in brand laten steken, ik en mijn moeder op straat laten rondzwerven en... haar laten sterven in een steegje alsof ze nooit iets betekend heeft in deze wereld.

Allemaal door jou omdat iedereen in jouw leugens geloofde. Omdat jij een zondebok zocht voor je financiële verlies.

Maar nu is het genoeg geweest!

Ik sta hier met mijn rug recht en mijn hoofd omhoog, zonder wapens, gewoon als mijzelf en kijk je recht aan in die duivelse ogen die geen mededogen kennen.

Jij kunt misschien alles hebben en eisen wat je wilt, al het goud in de wereld, maar hierin ben ik je de baas.

Want ik heb echte liefde gekend en dat maakt mij sterker dan jou en beter dan jou.'

Nathan leek geraakt te zijn door haar directe woorden, hij leek zelfs bang. Hoe kon zo`n simpel meisje zo welbespraakt overkomen? Een lichte aarzeling volgde, maar bij het zien van het ongeduldige gezicht van Elliot, herkregen zijn ogen weer hun duivelse glans. Een vuile grijns verscheen op zijn gezicht. Nathan keek haar geamuseerd aan en klapte in zijn handen.

'Mooie woorden uit een mooi mondje.

Ik wilde je eigenlijk uit goede wil laten gaan, maar nu heb je het echt verknald meisje.

Jij gaat naar de gevangenis en ik zal eens goed gaan nadenken over een toepasselijke straf.

En Elliot, zij is van mij alleen.

Geen enkele soldaat mag haar lastig vallen op wat voor manier dan ook.

Zij is van mij!'

Hij greep haar stevig bij de kin.

'Wonderlijk dat er iemand bestaat in deze wereld die meer in staat is tot haten dan ikzelf.

Maar het zal je ziel verteren tot er niets dan duisternis overblijft. Voer haar af Elliot, ik heb er genoeg van.'

Nathan draaide zich om en liep van haar weg. Maar de grijns op zijn gezicht was verdwenen.

Binnen in het landhuis gooide hij de deur van zijn werkkamer met een harde klap dicht en smeet in een vlaag van woede alle spullen van zijn werktafel. Hij schopte tegen een boek dat op de grond was beland. Een vaas, die wankelend bleef staan op de tafel, greep hij in zijn handen en gooide deze tegen de muur. De glassplinters vlogen in de rondte. Evelyns stem galmde na in zijn gedachten. Een harde schreeuw volgde. Haar woorden hadden hem dieper geraakt dan hij aan zichzelf wilde toegeven.

Huize McDougal, Valmore

Riley had sinds een dag of twee zijn intrek genomen in het huis
van de McDougals. Bij aankomst was er echter niemand en daar
zou geen verandering in komen. Hij had van een buur vernomen
dat het Schotse echtpaar een week geleden de stad had verlaten
uit angst voor represailles van de graaf. Zij, als buitenstaanders,
werden het mikpunt van zijn pesterijen en hoge belastingen,
meer nog dan dat hij bij zijn eigen volk liet innen. De dreiging
scheen zo hoog te zijn, dat ze alles noodgedwongen achter zich
hadden gelaten. Een groep Redcoats had zelfs hun huis
overhoop gehaald op zoek naar aanwijzingen waar ze konden
zijn. De buur vermoedde terug naar Schotland.
Riley voelde zich niet op zijn gemak in het verlaten huis, maar
hij zou blijven wachten tot Gareth zou komen. Nieuwe plannen
moesten dringend gemaakt worden. Alles was anders sinds hij
Evelyn had gezien op het plein.
Plots hoorde hij de deur opengaan en een stomdronken Gareth
stapte naar binnen. Zijn lange haren waren een wilde bos, zijn
kleren vuil en in zijn ogen las de Ier pijn en verdriet. Zo
overstuur had hij hem nog nooit gezien. Gareth ging zitten en
was niet aanspreekbaar. Hij staarde doelloos voor zich uit om
uiteindelijk met zijn hoofd op de tafel in slaap te vallen. Pas in
de vroege ochtend schrok hij wakker en zag Riley tegenover
hem zitten. Emotioneel vertelde hij hem zijn verhaal. Riley wist
niet wat hij hoorde.

'Gareth, luister nu heel erg goed naar wat ik je ga vertellen.
Ik heb enkele dagen rondgezworven in de stad en heb iets
ontdekt wat je wereld opnieuw op zijn kop zal zetten.
Of eerder gezegd heb ik *iemand* ontdekt.

Je zocht op de verkeerde plaats, mijn vriend.

Zij was niet in Stonebridge.

Evelyn leeft!

Ik heb haar gezien, hier in Valmore, twee dagen geleden.'

Riley maakte zijn verhaal af. Gareth keek hem vol ongeloof aan. Hij wist niet wat hij hiervan moest denken.

'Weet je dit echt heel zeker Riley?

Ik bedoel, het is een portret dat goed op haar lijkt, maar je hebt haar nooit in het echt gezien.

Kan het zijn dat je je vergist hebt?

Ik kan haar niet opnieuw verliezen.

Geef mij geen valse hoop.

Zweer het dat ze het is, anders spreek hier nooit meer over!'

'Gareth, ik zweer bij de heilige Sint Patrick en op mijn eigen hart en ziel dat ze het was.

Haar gezicht, de ring, alles klopt.'

Gareth was opgelucht. Zijn terneergeslagen houding verdween en kreeg een vastberaden blik in zijn ogen.

'Waar is ze naartoe gegaan Riley, zeg het me!'

'Het spijt me, waar ze naartoe is gegaan weet ik niet.

Toen ik mij realiseerde wie ze was, ben ik meteen teruggegaan, maar ze was verdwenen.

Wat kan ik doen om je te helpen haar te vinden?'

Gareth leunde naar hem toe over de tafel en greep zijn arm.

'Ik heb een plan bedacht, luister.

We moeten ons opsplitsen.

Ik blijf in Valmore en ga op zoek naar elke aanwijzing die ik kan vinden.

En jij Riley, jij gaat naar Everly Hall.

Ik heb gaandeweg ook de gruwel gezien die de graaf en zijn leger op zijn geweten heeft.

Hij is verantwoordelijk voor de arrestaties, de ophangingen en het verbranden van Evelyns huis.

Alle orders komen direct van hem af.

Hij is vast degene die weet waar zij is.

En als hij haar ook maar met één vinger heeft aangeraakt, breek ik hoogstpersoonlijk al zijn botten in zijn lijf.

Luister, ik weet een manier voor jou om binnen te komen in zijn landhuis zonder argwaan te wekken.

Blijf er echter niet langer dan nodig is.

Om de dag komen we hier weer samen om te bespreken wat we te weten zijn gekomen.

We gaan haar vinden Riley, het moet!'

'Maar hoe kom ik daar ooit binnen en…'

Gareth onderbrak hem en lachte.

'Hiermee!'

Gareth haalde een aanplakbiljet uit de binnenzijde van zijn jas tevoorschijn en legde het op tafel.

'Dit papier is de manier om binnen te komen.

Het enige wat je hoeft te doen is helemaal jezelf blijven, meer niet.'

Riley keek hem niet begrijpend aan.

'Ik wil veel voor je doen Gareth, dat weet je, maar nu praat je toch echt onzin.
Zij zullen mij nooit binnenlaten, ik ben geen edelman.'

'Ierse praatjesmaker, houd je mond en kijk eens verder dan de woorden op dit vel.
Je hoeft niet te kunnen lezen om te begrijpen wat er staat.'

Riley greep het aanplakbiljet in zijn hand en een glimlach verscheen op zijn gezicht.

'Jij gehaaide zeerot, ik denk dat ik het begin te begrijpen…'

Everly Hall, Fernwood

De volgende dag, vroeg in de middag, stond Riley in de indrukwekkende ontvangsthal van het landhuis te wachten op de graaf. Alles was hier groots en majestueus. Van de brokaten glanzende gordijnen tot aan het handgemaakte vloerkleed dat voor hem lag. De hoge ruimte werd ondergedompeld in regenboogkleuren door het zonlicht dat door de glas in lood ramen naar binnen scheen. Riley volgde de kleuren over het plafond. Zijn ogen bleven gefixeerd op het midden waar een grote kristallen kroonluchter hing. Dit doorzichtige pronkstuk kon niemand ontgaan. Het was het eerste wat je zag als je binnenkwam. Nerveus hield de Ier het aanplakbiljet in zijn hand dat Gareth hem had gegeven. Zijn opdracht was duidelijk. Hij had zich zo goed als het kon voorbereid op het aankomende gesprek. Hij moest zeker overkomen. Elke aarzeling in zijn gedrag zou argwaan wekken bij de gewiekste graaf.

Na een half uur wachten zag hij iemand de met rood fluweel beklede trap af komen lopen. Het was Nathan. Hij ging vlak voor hem staan en keek de Ier recht in de ogen, alsof hij zijn ziel aan het lezen was.

'Welkom meneer Kellegan, wilt u mij volgen naar mijn werkkamer?'

Riley knikte en volgde met bonzend hart de jonge graaf naar een kamer waar hij tegenover Nathan plaats nam. De ruimte was opvallend leeg. Er stonden slechts twee gestoffeerde stoelen van donkerblauw fluweel en een oud bureau.

'Je hebt mijn aanplakbiljet bij je zie ik.

192

Dat is alweer een tijd geleden dat ik die heb laten maken en heb laten ophangen in de stad.'

Hij stond op en wees naar de muren. Vergeelde rechthoekige lijnen waren duidelijk zichtbaar waar eens de familieportretten hingen.

'Zoals je kunt zien zijn deze muren nogal kaal.
Ik ben al zeker drie maanden op zoek naar iemand met het juiste talent om *mijn* portret te schilderen.
Tot nu toe heb ik geen geschikt persoon gevonden.
Kan jij mij het tegendeel bewijzen?
Heb je schetsen bij je waar ik naar kan kijken, anders verspil je mijn kostbare tijd en kun je beter meteen vertrekken.
Dat bespaart je de afgang.'

Riley slikte en opende zijn tas waaruit hij een nieuw schetsblok pakte. Hij legde het boek voor de graaf op het bureau. Nathan bekeek vluchtig een tiental schetsen en was diep onder de indruk. Al zou hij zijn enthousiasme nooit laten zien.

'Je hebt talent, Ier.
Goed, geen proeftijd, want ik loop al achter op schema.
Ik wil dat je mij schildert in mijn familiekostuum en het moet binnen een paar weken af zijn.
Drie augustus geef ik namelijk het grootste balfeest zoals het noorden nog nooit gezien heeft.
Wat zeg ik, heel Engeland!
Dit schilderij moet het centrale punt worden in de grote zaal.
Iedereen zal zien wie ik ben en waar ik voor sta.
Schilder mij alsof ik een ware koning ben.
Lukt je dat, denk je?'

'Ja heer Everly, dat gaat lukken,' zei Riley die zijn zenuwen maar net op tijd onder controle had gekregen.

'Goed Ier, dan neem je vanaf vandaag je intrek in één van mijn kamers, zodat je niet elke dag hoeft te reizen.
Ik heb er genoeg die leegstaan; je blijft hier tot het klaar is.'

Riley schudde de hand van Nathan en nam intrek in een mooie kamer met uitzicht op de tuinen. Hij was opgelucht.

Goed, ik ben binnen in het hol van de leeuw.
Heilige Patrick en alle andere heiligen die ik nu even niet bij naam weet, sta me bij.

Riley pakte zijn spullen uit en opende het raam. De kamer rook muf en voelde klam alsof hier al tijden niemand meer was geweest. Hij leunde met zijn hoofd naar buiten en ademde de schone lucht in. Dat deed hem goed. Hij had een prachtig uitzicht over het landgoed.

Je hebt het ver geschopt, lord Riley, lachte hij in zichzelf.

In de verte zag hij iemand lopen langs de rode rozenperken. Het was een chique geklede jongedame met lange goudblonde haren. Riley boog verder uit het raam en raakte in de ban van haar mooie verschijning.

Het is net een engel.

Ze droeg een lichtblauwe zijden jurk afgewerkt met kanten laagjes. In haar hand hield ze een parasol die haar beschermde

194

tegen de warme zonnestralen. Zijn hart begon sneller te slaan, dit keer niet van de zenuwen.

Evina wandelde dromerig richting het huis en zag dat een raam openstond van de kamer waar eens Rupert Everly zijn laatste weken in had doorgebracht.

Wie is daar? vroeg ze zich af.

Ze kwam dichterbij en stopte recht onder het raam. Ze keek omhoog en zag een charmante jongeman met ravenzwart haar en grote waterblauwe ogen haar aanstaren.

'Goedendag, ik heb nog niet de eer gehad met u kennis te mogen maken,' zei ze beleefd.

'Riley Kellegan is de naam, lady…?'

Evina bloosde.

Hij is de schilder en een knappe nog wel.

Ze herinnerde het korte gesprek met Nathan van weken geleden. Een portretschilder om zijn ego te vereeuwigen. Ze walgde van het idee, maar op haar gezicht verscheen desondanks een glimlach. Voor het eerst sinds lange tijd was ze blij iemand anders te zien. Iemand die nog niet in aanraking was gekomen met de grillen van de graaf. Ze maakte een lichte buiging.

'Gravin Evina Everly-Cassington, aangenaam met u kennis te maken,' waarna ze verlegen haar gezicht onder de parasol verstopte en verder liep.

De dagen gingen voorbij en Riley schilderde Nathan zeker vier uur per dag. De graaf poseerde alsof hij god zelf was, onaantastbaar en machtig. De Ier deed zijn werk goed, maar het was het eerste portret dat hij verafschuwde. De overige tijd besteedde hij door met iedereen subtiel praatjes te maken. Van de bediening, de dienstmeiden tot de bewakers. Zij waren niet erg loslippig, alsof ze bang waren voor de graaf. Desondanks ontdekte hij wel de oorzaak van het groeiende leed in de stad en aangrenzende dorpen. Dit begon op de dag dat de Redcoats in Valmore arriveerden om de zogenaamde orde te handhaven. Zij waren gekomen op Nathans verzoek, nadat hij goedkeuring had gekregen van het parlement. Zij waren zijn werktuigen, degenen die het schorem hardhandig uit de straten moesten weren. In werkelijkheid gold het voor iedereen die ook maar een slecht woord over de graaf sprak in het openbaar.

Riley zag zo nu en dan kans het huis te ontglippen om op de afgesproken tijd aan Gareth zijn bevindingen te vertellen. In de vroege avonden, nadat het schilderwerk was gedaan. De graaf wist niet beter dan dat hij bezoekjes bracht aan de kerk of zijn familie. De Ier keerde daarna tegen middernacht terug om de volgende ochtend verder te werken aan het schilderij.

Tijdens zijn verblijf ontdekte Riley ook dat er bijna niemand meer in het huis woonde. Behalve de oude gravin die niet kon praten en weinig buiten kwam, de opzichter Elliot Quin die op de meest vreemde tijdstippen het huis betrad en weer verliet, en Nathans vrouw, lady Cassington. De gouden engel Evina. Maar hij wist niet goed waar haar loyaliteit lag.

Op een avond toen Riley net van plan was om te gaan slapen, werd er op zijn deur geklopt. Hij deed de deur open en voor hem stond Evina met tranen in haar ogen.

'Mag ik alsjeblieft binnenkomen?

Ik weet niet of ik je kan vertrouwen, maar ik neem het risico.

Nathan is niet thuis vanavond, dit is mijn enige kans.

Hij verstikt mij.

Ik kan niet meer leven in deze poppenkast,' zei ze met trillende stem.

De verbaasde Riley liet haar binnen en sloot de deur. Niemand had haar gezien. Ze ging zitten op het bed en ademde een paar keer diep in en uit. Riley knielde voor haar neer en pakte haar bevende hand.

'Je kunt mij zeker vertrouwen, lady Everly.'

'Cassington, noem mij geen Everly meer, ik kan die naam niet langer verdragen.

Ik heb een tijd geleden iets ontdekt over mijn man, iets gruwelijks en ik kan het aan niemand kwijt.

Het verteert me van binnen.

Lady Prudence heb ik het verteld, maar zij kan niet terugpraten, de arme vrouw.'

'Wat heeft hij gedaan, iemand mishandeld of afgeperst?'

'Nee, niets van dat, maar erger, veel erger.

Je weet dat zijn oom, Rupert Everly, een tijd terug onverwachts is overleden?

Zijn geheugen takelde in rap tempo af en stierf na een kort ziekbed.

Op de dag van zijn begrafenis was ik in zijn kamer om zijn spullen bijeen te rapen en vond onder zijn bed een blauwe kristallen dop.

Ik wist niet waar het van was en schonk er verder geen aandacht meer aan, tot die vreselijke kerstavond.

Ik was alleen in Nathans slaapkamer en opende een la van zijn dressoirkast.

Daarin vond ik het blauwe flesje waar de dop op paste.

Het flesje was leeg op enkele druppels na.

Het rook eigenaardig en het was zeker geen parfum.

Ik ben buiten zijn weten om naar iemand toegegaan in de stad, een man wiens naam ik niet zal noemen.

Hij bezit een grote kennis van medicijnen en drankjes.

Ik heb hem de inhoud laten onderzoeken.

Mijn wantrouwen was terecht, het was gif!

Nathan heeft zijn eigen oom vermoord!'

Evina barstte in tranen uit en Riley sloeg troostend zijn arm om haar heen. Dit was nieuws waar hij niet naar op zoek was, maar wel kon gebruiken om de bruut ten val te brengen.

'Het is goed dat je mij hebt uitgekozen om je hart bij te luchten. Je kunt mij vertrouwen.

Zo`n mooie vrouw als jij mag niet gebukt gaan onder zo`n groot en gevaarlijk geheim.

Iemand zoals jij zou zielsgelukkig moeten zijn.

Je hebt alles wat je wensen kan; een titel, een landhuis, rijkdom.'

'Maar geen liefde Riley, als ik je zo mag noemen?'

'Natuurlijk lady Evina, en inderdaad, hij kent geen liefde, dat zit niet in hem.

Ik ken de graaf nog niet zo lang, maar hij is een verbitterde man.

Er is iets in hem kapot wat niet meer geheeld kan worden.'

'Jij begrijpt het.
Wie ben je Riley, een engel die mij redt van de ondergang?'

'Ik zag in jou juist de engel.'

Evina raakte zijn gezicht aan en kuste hem. Hij beantwoordde haar kus en voor hij het wist lagen zij innig in elkaars armen. Het was een onbezonnen daad, dat wist hij achteraf maar al te goed. Maar nu, op dit moment, ging hij zo in haar op dat hij niet dacht aan de gevolgen. Hij hielp haar uit haar jurk en kuste teder haar schouder, daarna haar hals en haar mond. Niet veel later lagen zij samen naakt in bed en bedreven de liefde alsof ze de enige mensen in de wereld waren. Voor even alles vergetend.

Later die nacht sloop Evina ongezien terug naar haar kamer. Eindelijk, na al die vreselijke liefdeloze jaren voelde ze zich weer tot leven gekomen.
Riley deed geen oog dicht die nacht. Waarom moest hij uitgerekend van alle vrouwen vallen op de echtgenote van de graaf.

Stomme Ierse idioot die ik ben, wat heb ik toch gedaan?
Gareth, jij ouwe gek, je had gelijk toen je mij waarschuwde:
Zodra je de ware tegenkomt neemt het hart het over van het verstand.
Maar als ik het van tevoren had geweten, had ik toch precies hetzelfde gedaan.

De volgende ochtend stond Nathan alweer in standvastige pose klaar in zijn kostuum en lange krullende pruik om geschilderd te worden. De deur ging open en Evina stapte naar binnen. Riley keek haar aan en zocht oogcontact, maar ze ontweek zijn blik om geen argwaan op te wekken bij de graaf.

'Wat kom je hier doen, vrouw?' snauwde hij kortaf.

'Ik heb dit meesterwerk nog niet gezien.
Ik wilde het met eigen ogen aanschouwen en de gelijkenis is inderdaad zeer treffend.'

Evina wendde zich nu wel tot Riley.

'Mijn complimenten meneer Kellegan, u bezit een waar talent, uw handen zijn goud waard.
Zij voelen precies aan wat nodig is om perfectie te creëren.'

'Dank u, lady Evina voor dit grote compliment.
Het is mijn roeping en passie,' waarna hij haar vluchtig een knipoog gaf.

Ze knikte hen gedag en verliet de kamer met een grote glimlach op haar gezicht.

Jouw handen zijn perfect Riley, ik kan ze nog steeds op mijn lichaam voelen.

Valmore, Fernwood

In dezelfde tijd dat Riley op het landhuis verbleef, schuimde Gareth dagenlang moedeloos de straten af op zoek naar een aanknopingspunt waar Evelyn kon zijn. Maar de mensen praatten niet. En als ze al iets wisten zwegen zij uit angst voor de Redcoats. Vandaag was het geluk echter aan zijn zijde. Hij ving een gesprek op tussen twee soldaten. Ze waren aan het opscheppen over hun nieuwste gevangene.

Een mooi jong ding, hadden ze gezegd.
Rijp om geplukt te worden…

Het maakte Gareth razend en het liefste had hij ze eigenhandig de nek om gedraaid, maar hij moest zich beheersen om hun gesprek verder af te kunnen luisteren.

…maar orders zijn orders, de graaf beslist over haar lot; tot dan moet iedereen van haar afblijven.
Deze Barley meid is familie van die piraat die het schip van de graaf de vernieling in heeft geholpen.

'Barley meid?
De bastaards!
Mijn Evelyn, gevangen!' gromde Gareth woedend in zichzelf.

Hij moest een manier zien te vinden om ongezien de gevangenis in te komen en haar zien te bevrijden. Maar deze onderneming leek haast onmogelijk.

Eerst de situatie rondom de gevangenis verkennen.

De sfeer in de stad werd met de dag grimmiger net als in de havenplaats Arlow en in andere steden en dorpen die onder het graafschap Fernwood vielen. Maar het was niet uitzonderlijk. Het gebeurde in alle districten waar machtsbeluste edelen het voorzien hadden op de gewone man. Er waren mensen die zich afzijdig hielden en liever wilden afwachten in de hoop dat de situatie uiteindelijk zou verbeteren, maar tegelijkertijd kwamen er ook steeds meer geluiden over rellen en opstanden. Mensen die niet meer onderdrukt wilden worden, maar terug wilden vechten. Ook hier in Valmore zag hij de verandering. Groepjes mensen die in de avonden samenkwamen en plannen maakten om in opstand te komen. Ze verzamelden van alles om zich te kunnen bewapenen tegen de musketten en de degens van de soldaten, maar dat was bij lange na niet genoeg. Zij waren misschien met meerderen, maar één kogel of een slag van een scherp zwaard bereikte meer dan wat zij met een hooivork of keukenmes konden uithalen. De gespannen sfeer was ook te merken bij de soldaten. Steeds vaker werden mensen zonder reden opgepakt en in het gevang gezet in afwachting op hun onontkoombare vonnis. Een onrechtvaardig oordeel, schuldig bij voorbaat. Slechts een enkeling wist jarenlange opsluiting te voorkomen of de strop. Geld speelde daarin altijd een grote rol. En vandaag, nu Gareth eindelijk wist waar Evelyn zich bevond, raakte hij ongewild verzeild tussen een grote opstand die uit het niets op klaarlichte dag losbarstte. Hij raakte beklemd tussen de woedende menigte die wild zwaaiend met gammele wapens op de Redcoats afstormden. Gareth baande zich een weg tussen de chaotische bende, maar hoe verder hij het geweld uit de weg wilde gaan, des te meer hij werd meegevoerd tussen boze boeren en opstandige ondernemers. Hij gebruikte zijn sterke armen om ze hardhandig van zich af te duwen. Hij had geen keuze, want tijd was kostbaar. Zijn doel lag niet hier, maar er zou een dag komen dat hij zich aan hun zijde zou scharen.

Plots weerklonk een harde knal. Een jonge soldaat schoot als waarschuwing in de lucht. Het schrok de menigte voor een kort moment af, maar hun razernij nam snel weer de overhand. Ze renden luid joelend en als één geheel op de man af en sloegen hem in elkaar. De andere Redcoats, een stuk of twintig gedisciplineerde mannen, bleven uiterst kalm, omcirkelden de groep en schoten op iedereen die ze maar zagen. Paniek brak uit en de mensen renden weg van de jonge soldaat die aan zijn verwondingen was bezweken. De soldaten joegen hen achterna. Zij splitsten zich op. De ene helft richtte hun musketten op de weerloze menigte en de anderen maaiden de dapperen die nog wilden vechten, met hun degens neer alsof het koren was. De straten kleurden rood van het bloed. Gareth duwde, trok en vocht zich een weg uit de chaos die was ontstaan en dook een zijstraat in. Uitgeput verschanste hij zich achter een kar met opgestapelde kruiken wijn. Hij ging zitten en nam een zo`n klein mogelijke houding aan. Zijn ademhaling was versneld, zijn hart hoorde hij bonzen in zijn hoofd. Plots werd hij opgeschrikt door een hoog fluitend geluid. Een afgedwaalde kogel boorde een gat door de kruik en schampte zijn schouder. Gareth vloekte. Hij rolde zijn blouse omhoog en zag dat de huid openlag. Bloed sijpelde langs zijn arm naar beneden. Hij scheurde een reep van zijn blouse en draaide deze een paar maal rond zijn schouder om het bloeden te stelpen. Hij zuchtte diep in en uit.

Verdomde Redcoats, ik vervloek die bastaarden!

De pijn voelde als een aanraking met een roodgloeiende kolenpook. Hij wilde snel weg van deze mistroostige plek, maar de tot mislukken gedoemde opstand en de onmenselijke represailles van de soldaten bleven voortduren. Voor nu zat er niets anders op dan te wachten tot het tumult verzwakte en hij zijn kans schoon zag zich naar de gevangenis te begeven.

Een uur verstreek. Tergend langzaam voor zijn gevoel. De straten werden leger, de stilte keerde terug. Dit was zijn kans. Hij liep om via rustigere steegjes tot hij aankwam bij het gevangenisgebouw waar zoveel onschuldige mensen vastzaten. De deur was niet bewaakt.

Vreemd.
Zouden alle soldaten achter de opstandelingen aan zijn gegaan, zelfs de bewakers?

Gareth bleef op zijn hoede. Hij keek om zich heen, het leek echt veilig. Hij opende de deur van de gevangenis en stapte naar binnen. Hij verwachtte binnen wel bewakers te zien, maar tot zijn grote verbazing was er ook hier niemand aanwezig. Behalve het onophoudelijke akelige gekerm van de gevangenen, oogde het verlaten. Toch vertrouwde hij het niet helemaal. Er klopte iets niet. Hij haalde een mes tevoorschijn en liep langzaam door de donkere vochtige gangen. Mannen, vrouwen, zelfs kinderen keken hem smekend aan. Hij negeerde hen met pijn in zijn hart.

Eerst Evelyn.

Hij keek hen één voor één aan in de hoop haar gezicht te zien. Maar ze was nergens te bekennen. Hoe was dit in godsnaam mogelijk? Wilden de goden niet dat ze bij elkaar kwamen?

Misschien had ik daarvoor gelovig moeten zijn en word ik daar nu voor gestraft, dacht hij sarcastisch.

Hij had bijna alle cellen gehad toen hij struikelde over een been. En nog één. Op de grond lagen de lichamen van twee Redcoats. Gedood door rechte messteken in de buik en de hals. Hij was hier blijkbaar toch niet alleen. Hij moest hier snel weg voordat diegene terugkwam. Het was iemand die de soldaten net zo haatte als hij, maar dat wilde niets zeggen over de verdere bedoelingen van deze persoon. Hij wilde net weggaan toen een stevige hand op zijn pijnlijke schouder drukte. Gareth draaide zich woedend met een ruk om en zette in een reflex zijn mes tegen de hals van zijn belager. Een grijns verscheen op zijn gezicht toen hij de man herkende.

'Meneer Oliver, jij duivelse zeerot, ik had bijna een mes door je oude lijf gestoken!
Hier in deze duisternis lijkt iedereen op elkaar.'

'Ook goed je te zien Gareth, maarre.. jij hebt wel eens betere dagen gehad.
Je ziet eruit alsof een varken op je kop heeft gescheten!
Kom, we moeten hier snel weg.
Deze lichamen liggen hier al twee dagen ongezien te rotten, omdat die Redcoats dag en nacht aan het vechten zijn in de stad.
Maar zij zullen snel terugkeren, nu de rust is weergekeerd.
Maar ik heb ook goed nieuws.
Er is iemand die je nog liever wilt zien dan deze ouwe één oog.
Kom met mij mee noorderling, ik heb buiten twee paarden klaarstaan die staan te trappelen om uit te rijden.'

Twee dagen eerder...

Of het nu dag was of nacht, ze kon het niet zeggen. In de kleine betraliede cel was het aardedonker, vochtig en vooral heel vuil. De stank was niet te harden. Evelyn zat in een hoek en dacht moedeloos aan de dag dat ze Nathan uitdaagde op zijn eigen terrein.

Stom kind dat ik ben.
Ik had mijn mond moeten houden.
Natuurlijk ben ik niet opgewassen tegen hem.
Nathan is overal.
Alles en iedereen hier heeft hij in zijn greep.
Ik kom hier nooit meer uit.
Oh Gareth, als je leeft hoop ik dat je mij zult vinden.
Maar verdomme, ik heb die kans nu wel heel erg klein voor je gemaakt.

Een geluid in de verte bracht haar weer terug naar de realiteit. Gelukkig zat ze alleen, dat was haar enige troost. Een Redcoat liep langs iedere cel en streek hard met een stok langs de tralies.

'Etenstijd, stelletje hufters en hoeren.'

Bij elke cel stopte hij en opende een klein luikje onderaan de deur. Hardhandig schoof hij een kannetje water en een kom met eten, dat nog het meeste weg had van bedorven gebonden soep, naar binnen. Bij Evelyn bleef hij langer staan. Hij opende de deur, stapte naar binnen en keek haar denigrerend aan.

'Oh, dacht je dat ik je kwam bevrijden?

Je prins op het witte paard?
Nee schatje, ik wilde je even met eigen ogen zien.
De wilde Barley meid die de graaf durft tegen te spreken.
Je hebt wel lef, dat moet ik je nageven en je hebt een mooi koppie, zo te zien.
Jammer dat ik mijn orders opvolg, anders hadden wij twee het nu heel gezellig samen.'

Hij schoof het eten voor haar voeten. Evelyn kon het getreiter niet meer aan, pakte de kom en smeet het naar zijn hoofd.

'Dit kun je van mij krijgen, hopelijk bevredigt dit je enorm.'

De man schreeuwde van de pijn. De rand van de kom had een diepe snee op zijn voorhoofd achtergelaten waarna het hevig bloedde.

'Als je het zo wilt spelen, prima.
Er is niemand hier die het zal merken als ik je neem.'

Hij kwam dreigend voor haar staan, maakte zijn riem los, duwde haar hardhandig op de grond en wilde zich aan haar vergrijpen, toen zijn gezicht plots wit wegtrok en bloed uit zijn mond gutste. Hij viel kaarsrecht naar voren; een mes stak diep in zijn rug.

'Hallo Evelyn, sorry dat ik niet eerder kon komen.'

Met verbaasde ogen keek ze naar de karakteristieke man die binnenstapte. Het was alsof ze een geest zag. Het was meneer Oliver.

'Hoe, hoe is dit mogelijk, u was toch dood?

Vergaan in de vlammenzee van *The Royal Dream*?
Bent u… een engel die mij komt halen?'

'Meissie, meissie, ik ben zo echt als een woeste najaarswind die
vecht tegen de golven van het noorden.
Ik ben springlevend, net als je vader en… Gareth.
Wij hebben het allemaal overleefd!'

'Vader ook?
En Gareth, mijn Gareth?'

Bij Evelyn schoten de tranen in haar ogen. Ze omhelsde de oude
vriend van haar vader zo stevig dat ze zijn rug bijna hoorde
kraken.

'Kom Evelyn, ik weet dat je veel vragen hebt, maar eerst moeten
we maken dat we hier wegkomen.
Ze zullen me komen zoeken, kijk!'

Meneer Oliver wees naar twee bewakers aan het einde van de
gang die levenloos op de grond lagen.

'Dat zullen ze me niet in dank afnemen, hèhè.
Ik had geen andere keuze.
Wie aan een Barley komt, komt aan mij.
Jullie zijn als familie voor me.
Hier, trek deze mantel aan en bedek je gezicht, kom!
Buiten staat mijn paard.'

Hij pakte haar bij de hand en samen renden zij door de donkere
smalle gangen van de gevangenis naar buiten.

Ze renden door de nauwe straten en stopten bij een verlaten schuurtje waar een paard stond te grazen. Meneer Oliver hees Evelyn in het zadel en nam achter haar plaats. Haastig spoorde hij het dier aan en het tweetal ging er in vol galop vandoor.

Na het betalen van tolgeld bij de poort, konden zij ongezien de stad verlaten en gingen op weg naar Stonebridge. Daar aan de rand van haar geboortedorp, in een herberg met de naam *The Black Swan,* zou ze eindelijk herenigd worden met haar vader.

Evelyn liep zo snel ze kon de herberg in, rende de gammele houten trap op naar boven en klopte hard op de deur van een zolderkamertje dat verhuurd werd aan reizigers. Haar hart bonsde als nooit tevoren. Ze hoorde aan de andere zijde gerammel van een sleutel, de deur ging open en voor haar stond James Barley, haar vader. Vol ongeloof sloeg ze beide handen voor haar mond.

'Vader u leeft!'

Onopzettelijk keek ze naar beneden en schrok.

'Oh nee, uw been!'

James nam haar in zijn armen en tranen gleden over zijn wangen.

'Oh Evelyn, bekommer je niet om mijn verloren been, het is de prijs die ik heb betaald.
Dat jij veilig en wel hier bent, is voor mij het allerbelangrijkste.
Veel te lang heb ik je moeten missen.
Het spijt mij ten zeerste, dat mijn brieven nooit zijn aangekomen om je te vertellen dat wij nog in leven zijn.

Het had je misschien veel ellende kunnen besparen.

Kom binnen en neem plaats.

Ik en meneer Oliver zullen je alles vertellen vanaf het moment dat we vertrokken uit Trennagan.

En daarna, wil ik alles van jou horen…'

Zij spraken wel meer dan twee uur met elkaar en alle vragen die zij hadden werden beantwoord. James rouwde samen met zijn dochter om het verlies van Emma en was hevig ontdaan om te horen wat zijn dochter sindsdien had moeten doorstaan om te overleven. En Evelyn kwam alles te weten over hun reis, de brand, de valse beschuldiging van Gareth en zijn opsluiting, en de spijt van James toen hij besefte dat hij een grote fout had begaan. Gareth die zijn leven daarna redde, de beenamputatie, de twee brieven en tenslotte hun verblijf in Lissabon.

'Dus vader, als ik het goed begrijp, bent u al enkele weken in Stonebridge en is meneer Oliver al die tijd op zoek gegaan naar mij en Gareth en zijn vriend Riley.

U heeft mij gevonden, weet u ook al waar zij zijn?'

'Nog niet,' zei meneer Oliver.

'Daarom ga ik weer terug naar Valmore.

Wij hebben je gevonden dankzij de hulp van een aantal moedige bondgenoten.

Allerlei werklui waaronder havenarbeiders, ambachtslieden en markthandelaars die hoop putten uit de onverwachte wending dat wij nog in leven zijn.

Zij zien het als teken van verandering, een keerpunt in hun ellendige bestaan onder het vreselijke leiderschap van die graaf.

Zij willen ons helpen zoeken, zo goed als het kan.

Dat kan ik trouwens niet van iedereen zeggen.
Er is iemand die heeft gekregen wat hij verdiende.'

Hij lachte met een blik vol leedvermaak in zijn enige oog.

'Herinner je je Lance Castlerigg nog?
Weet je de reden waarom hij is geëindigd aan de galg?'

Evelyn dacht terug aan het gruwelijke moment waarop ze hem
zag hangen en schudde haar hoofd.

'Wel, deze bastaard heeft een vrouw van adel verkracht.
Hij is opgehangen voor zijn daden en zij... heeft ergens ook haar
verdiende loon gekregen.
Herinner je Angelica Foster nog?
De jongedame van adel die je volgens je eigen woorden heeft
laten barsten op het moment dat je haar echt nodig had?
Wel, zij loopt nu met een dikke buik rond, een nieuwe bastaard
in de maak en zal nooit meer in hogere kringen verkeren, haha.
Niemand komt aan een Barley!
Ik groet u mooie jonge dame en kom terug met Gareth, dat is
een belofte.'

Meneer Oliver ging weg.

'Ik moet je nog iets zeggen Evelyn,' zei James op serieuze toon
toen zij alleen waren en pakte haar hand.

'Ik heb je brief gelezen, beide brieven, en weet dat ik het
goedkeur wat jullie elkaar op het strand beloofd hebben.'

'Wat bedoelt u vader?'

'Ik geef je toestemming om met Gareth te trouwen zodra hij terug is en de rust is weergekeerd.

Hij heeft zichzelf meerdere malen bewezen en hij is de enige juiste man voor jou.

Hij is niet van adel en heeft geen geld, maar hij is veel meer dan dat.

Hij is trouw, een harde werker, een ware gentleman, en bovenal houdt hij heel erg veel van jou.

Ik heb hem voor het laatst gezien in het voorjaar toen zijn schip vanuit Lissabon vertrok.

Samen met zijn vriend Riley wilde hij jou en Emma vinden.

Ik heb sindsdien niets meer gehoord, maar ik weet dat zij ergens in Fernwood naar je op zoek zijn.

Het is een kwestie van tijd dat jullie weer samen komen.

Jullie liefde heeft al zoveel doorstaan.

Heb vertrouwen in meneer Oliver, hij vindt hem, echt!

Voor nu moet je aan jezelf denken en aansterken.

Ik zal de waard een flinke steak voor je laten maken en daarna laat ik het bad in deze kamer vullen met heet water door de meid.

Het zal je goed doen.

Kijk eens wat ik nog meer voor je heb?'

Hij wees naar een hoek van de kamer. Op een rek hingen een aantal mooie jurken. Met name een lange dieproze zijden jurk ving haar aandacht.

'Deze heb ik voor je meegenomen uit Portugal, gekocht van het beetje goud dat ik nog had.

Ik ben vanaf nu officieel de armste kapitein van heel Fernwood, maar voor jou heb ik alles over.

Ik denk wel dat ze je passen.'

Huize McDougal, Valmore

Gareth was samen met meneer Oliver aangekomen in de smederij van de McDougals die er verlaten bijstond sinds de Schotten waren vertrokken. Graag had hij het vriendelijke echtpaar nog terug willen zien om hen te bedanken voor hun goede zorgen toen hij nog een kind was. Maar vooral om hen zijn excuses te maken dat hij zo plotseling uit hun leven was vertrokken.

Ooit, dan maak ik het goed.

Meneer Oliver liep vertwijfeld rond.

'Wat voor zaken heb je hier nog te doen, Gareth?'

'Het liefste wat ik nu wil, is naar Evelyn rijden, maar ik kan mijn vriend Riley niet aan zijn lot overlaten.
Niet op dit moment.
Hij verwacht van mij dat ik vandaag hier ben.
We hebben het zo afgesproken.
Ik heb je gaandeweg over ons plan verteld.
Hij komt vandaag met alle informatie die hij heeft kunnen bemachtigen over de graaf.
Evelyn is gelukkig veilig, dat hoort hij ook te weten.
Maar de mensen in Fernwood zijn bij lange na niet veilig.
Nathan zal hier voor boeten.
Ik zal niet rusten voor zijn daden gewroken zijn.
Dit is te groot om te negeren.
Ik kan deze mensen niet de rug toe keren en er zomaar vandoor gaan met Evelyn.

Dan ben ik net zo'n hypocriet als hem.
Dit is nog lang niet voorbij!
We wachten tot Riley arriveert, daarna gaan we samen naar Stonebridge.'

Het tweetal wachtte tot de schemer inzette. Riley arriveerde niet veel later, liep rustig naar binnen, maar kreeg de schrik van zijn leven toen hij de markante verschijning van de man met zijn ooglapje en gouden tanden zag.

'Wel alle Ierse Keltische goden, hoe bent u hier beland?
Wacht, wacht, ik weet wat u gaat zeggen, *zeewier vergaat niet.*'

'Zo is het,' lachte meneer Oliver en gaf de jongeman een stevige omhelzing.

Gareth en meneer Oliver praatten Riley bij over hun ontmoeting in de gevangenis en Evelyn die veilig en wel in Stonebridge samen met James op hen wachtte.

'En waar is onze derde zeeschuimer Tom gebleven?'

'Wel, Riley…' meneer Oliver keek somber en wachtte even voor hij verder sprak.

'Die jonge gozer was er geestelijk erger aan toe dan wij dachten. Hij is in Lissabon achtergebleven en heeft zijn weg naar god gevonden.'

'Is hij dood?
Mijn god, hij was nog zo jong.'

'Ja, nee, verdomme, dat bedoel ik niet Riley.

Niet op zo'n manier naar god.

Hij is in de leer gegaan bij die oude monnik, je weet wel, die vriendelijke ouwe kale in zijn pij die ons de eerste dag verwelkomde in zijn klooster.'

'Misschien wel beter ook.

Al dat geweld dat wij hier meemaken, zouden bij hem oude wonden doen openen.'

'Wat heb je de afgelopen dagen ontdekt Riley?' kwam Gareth tussenbeide.

'Nou, goede maar ook zeer slechte dingen.'

Uit zijn binnenzak haalde hij het blauwe flesje tevoorschijn en lichtte hen in over wat Evina hem daarover toevertrouwde.

'Jij stomme idioot,' gromde meneer Oliver met een lachje.

'Van alle vrouwen deel je het bed met de vrouw van de vijand. Ik had het niet beter kunnen bedenken, mijn complimenten, ha!'

Riley's wangen kleurden vuurrood en keek ongemakkelijk naar de grond.

'Laat hem kletsen, je hebt nu wel iets in handen waar we de graaf voorgoed mee kunnen pakken.

Waar is Evina nu?'

'Zij houdt zich gedeisd in het landhuis en vermijdt die hufter zoveel ze kan.

Hij zal niets doorhebben, hij leeft enkel voor zichzelf en kijkt de hele dag naar dat achterlijke portret van zijn zelfingenomen kop. Ik heb beloofd haar daar weg te halen zodra deze ellende achter de rug is.'

'Goed, maar nu wil ik eerst naar Stonebridge.
Mijn geduld is al meer dan twee jaar op de proef gesteld.
The world can wait for a while,' zei Gareth resoluut.

'Is het mogelijk om met ons mee te rijden Riley of moet je terug naar Everly Hall?'

'Ja, ik kom mee.
Nathan is de komende dagen van huis en ik loop ver genoeg voor op het schilderij.
Hij zal niet weten dat ik weg ben geweest.'

Het drietal stapte naar buiten en wilde naar de paarden gaan, toen zij plots door drie mannen werden omsingeld. Het was Elliot Quin en twee onguur uitziende Redcoats. Zij kwamen dreigend op hen af. De soldaten hielden een degen in de hand en Elliot zwaaide wild met een scherp mes.

'Waar is die Barley meid?
Ik weet dat jullie haar hebben laten ontsnappen en de bewakers hebben gedood.
Mij houd je niet voor de gek!'

Het drietal keek elkaar aan, balden hun vuisten en knikte instemmend. Ieder van hen stortte zich op één van de anderen. Alle haat, ellende en frustraties van de afgelopen tijd werden op hen losgelaten. Gareth schopte de degen uit de hand van een breed uitziende soldaat en sloeg hem met een paar rake klappen bewusteloos. Riley sprong op de rug van de ander, sloeg net zo lang tegen zijn slaap tot hij omviel en duwde hem vervolgens met zijn hoofd in de modder. Meneer Oliver deed er nog een schepje bovenop. Razend ramde hij zijn vuist recht in het gezicht van de opzichter.

'Niemand, maar dan ook niemand zal ooit nog een Barley pijn doen, zowaar ik *Bartheloméus,* Raak! *Augustinus,* Daar! *Johannes,* Voel je hem al? *Antonius,* Doet zeer hé, heet!
Scheer je weg uit deze stad en kom nooit meer terug of ik eet je op waar je bij staat!'

Elliot kwam moeizaam en met veel gekreun omhoog. Zijn neus was gebroken, zijn linkeroog zat dicht, zijn wang zwol op en drie tanden lagen op de grond. Hij strompelde de straat over en liet de twee soldaten bewusteloos achter. Gareth keek meneer Oliver met glunderende ogen aan. De eigenzinnige kwartiermeester wist precies waar de jongeman aan dacht en gromde.

'Als je het maar uit je hoofd laat deze namen te onthouden.
Dit was eenmalig, nooit meer, hoor je me!
Dit uitschot brengt het ergste in mij naar boven.
Heiligen, bah!'

Hij spuugde op de grond.

'Natuurlijk, meneer Oliver.
Tot uw dienst, meneer Oliver, hahaha.'

High Heather Top, Stonebridge

Evelyn stond in haar roze jurk bij de kliffen en staarde dromerig voor zich uit. Een bijpassende roze roos had ze in haar haren gestoken. De warme zeewind speelde met haar lange lokken. Deze bijzondere plek, waar ze omringd werd door paarse zomerheide, gaf haar een vredig gevoel. Dat was al zo sinds ze een klein meisje was. Het voelde alsof de tijd hier stil stond, alsof ze al die tijd nooit was weggeweest en haar moeder haar ieder moment kwam halen om weer terug naar huis te gaan.

De zee was kalm, de lucht helderblauw met hier en daar een wolkje dat voorbijdreef. Haar zicht werd vertroebeld door het zonlicht dat op haar gezicht scheen. Het was laat in de middag. Over enkele uren zou de zon gaan zakken en daarna als een vuurrode bal in de zee verdwijnen.

Het mooiste moment van de dag, vond ze.
Het had allemaal zo anders kunnen zijn als het schip zonder problemen naar Jamaica was gevaren en de oude graaf niet was gestorven.
Gareth en ik waren dan al een jaar getrouwd, vader had dan nog twee benen en mijn moeder... die leefde.
Maar het lot had een ander plan voor ons allemaal.
Gelukkig veranderen jullie nooit, mooie zon en krachtige zee.

Evelyn volgde het pad langs de kliffen.

Oh meneer Oliver, ik hoop echt dat je Gareth zult vinden.
Dat hij ergens is, levend en wel en op zoek naar mij, is het beste nieuws sinds tijden, maar ik geloof het pas wanneer ik hem met eigen ogen zie.

Ze werd opgeschrikt uit haar gedachten door hoefgetrappel vanuit de verte. Evelyn draaide zich om en tuurde tegen het zonlicht in om te kijken wie daar aankwam. Voor even was daar paniek. Zouden ze haar gevonden hebben? De Redcoats, om haar terug te brengen naar die vreselijke gevangenis? Of... misschien? Evelyn bleef roerloos op haar plek staan. Als het soldaten waren, dan was ze daar toch niet tegen opgewassen. Ze besloot ze met fiere houding te ontvangen. Ze zouden haar niet klein krijgen. Evelyn wachtte gespannen af en bereidde zich voor op het ergste. Een zwart paard naderde haar en minderde snelheid. Op de rug zat een man en was tot haar opluchting niet gekleed in uniform. Hij droeg een eenvoudige witte blouse, een bruine broek en hoge zwarte laarzen. Zijn lange bruine haren wapperden in de wind. Door het felle licht kon ze niet zien wie hij was. De man stapte snel van zijn paard en sprak haar toe:

'Ik heb nog iets wat volgens mij van u is,' zei hij en hield een parelmoeren haarklem in zijn handen.

Die stem herkende ze uit duizenden.

'Gareth, ben jij het echt?'

Evelyn rende zo hard ze kon naar hem toe. Een schok ging door haar heen toen zijn gezicht herkenbaar werd in het licht van de zon. Overmand door emoties zakte ze door haar knieën tussen de paarse heide en huilde. Gareth bukte en kuste liefdevol haar voorhoofd.

'Evelyn, eindelijk heb ik je weer gevonden.
Je bent nog mooier dan ik mij herinnerde.
Ik ben je nooit vergeten.

Ik heb vele gevaren moeten trotseren om hier te komen, maar nu ben ik eindelijk op de plek waar ik hoor te zijn, naast jouw zijde.
Ik hou van je.'

Evelyn streek met haar vingers door zijn langer geworden haren. Ze keek hem recht in zijn helderblauwe ogen. Hij was teruggekeerd als een sterke man met meer levenservaring, maar zonder zijn jongensachtige charme te hebben verloren. Zijn gezicht werd serieuzer. Hij gaf haar de haarklem terug.

'Ik geef je dit opnieuw terug net als toen, alleen was de vindplaats dit keer geen idyllisch strand, maar een verschroeide plek van as en puin.
Ik dacht dat je niet meer leefde, verdwenen in die gruwelijke vlammenzee.
Ik heb nog nooit in mijn hele leven zo'n intense pijn gevoeld en daarna zo'n grote vreugde toen ik erachter kwam dat je nog leefde.
Meneer Oliver heeft mij alles verteld over waar je bent geweest en wat je hebt moeten doorstaan.
Die Nathan gaat zijn verdiende loon krijgen, sneller dan je denkt.'

'Ik heb alle ellende die na de brand mijn pad kruiste overwonnen Gareth, alles.
Een noorderling geeft nooit op!
De gedachte aan jou en de kleine kans dat je nog leefde hield me op de been.
Vanaf nu ga ik waar jij gaat.'

Hij pakte haar bij de hand en hielp haar omhoog. Zijn blik dwaalde af naar haar hals en keek haar vragend aan.

'Lieve mooie Evelyn, ik moet je iets belangrijks vragen.
Heb je de ring van mijn moeder die ik je heb gegeven nog bewaard?'

Evelyn knikte en opende het bovenste knoopje van haar jurk waarna de Keltische ring aan de ketting verscheen. Opgelucht legde hij zijn hand op haar hals.

'Je hebt geen idee hoe verheugd ik ben dat je dit al die tijd hebt bewaard.
Wat ik je nu te zeggen heb zal je vreemd in de oren klinken, maar ik beloof je binnenkort alles te vertellen.
Ik heb deze ring nodig.
Je moet mij nu volledig vertrouwen, meer kan ik niet vertellen.
Het is slechts tijdelijk en als ik klaar ben met wat ik ermee wil doen, heeft dit juweel nog maar één functie.
Om het aan je vinger te schuiven op de dag van ons huwelijk.'

'Natuurlijk vertrouw ik je Gareth, mijn heel mijn hart.'

Ze deed de ketting af en deed hem om zijn hals. Een lange passionele kus volgde. Zij gingen zitten tussen de paarse heide waar zij urenlang elkaars belevenissen vertelden. Gareth sloeg zijn armen om haar heen en samen keken zij naar de ondergaande zon tot deze helemaal in de zee verdwenen was. De avond viel, de hemel was helder. Gareth keek omhoog.

'Ik had je eens een prachtige sterrenhemel aan het strand beloofd, weet je nog?

Het is er nooit van gekomen door die stormachtige avond.
Maar nu kunnen we eindelijk genieten van de sterren die hun licht op ons schijnen en... van elkaar.'

Hij lachte charmant en trok haar dichter naar zich toe tussen de zachte hoge heide. Hij maakte de knoopjes van haar roze jurk verder open, kuste haar hals en stopte even. Hij keek haar vragend aan.

'Ik wil je graag weer opnieuw zien zoals ik je ooit eerder heb gezien.
Je weet wel, toen in de grot.'

Evelyn glimlachte.

'Je mag mij zien zoals ik ben Gareth.
Het is niet immoreel, er is geen schaamte.
Ik ben een vrouw nu en maak mijn eigen beslissingen.
We hebben al zoveel tijd verloren en we hoeven niet te wachten tot we man en vrouw zijn.
Ik geloof niet in een kerkelijk verbond maar wel in liefde tussen twee mensen die zelf voor elkaar gekozen hebben.
Dit pakt niemand van ons af, nooit meer.
Dat je na al die tijd nog steeds mijn toestemming vraagt, bewijst alleen maar dat jij een ware gentleman bent, mijn eigen *Koning Arthur*.
Ik hou van je met heel mij hart.'

Na meer dan twee jaar van elkaar gescheiden te zijn, konden zij die nacht hun diepe verlangens voor elkaar uitdrukken in lichamelijk gevoel. Hij was liefdevol en voorzichtig naar haar toe. Hij wist dat het haar eerste ervaring was met een man. Een

222

intens gevoel van ultiem genot werd in haar aangewakkerd. Ze hield van zijn warme lichaam dicht tegen haar aan, elke aanraking en elke kus die hij haar gaf. Ze wilde dat dit moment nooit meer zou eindigen.

Ze vielen gelukkig in elkaars armen in slaap onder een romantische sterrenhemel die hen deze nacht nog lang vergezelde.

The Black Swan, Stonebridge

De volgende ochtend liepen Gareth en Evelyn hand in hand door de zachte paarse heidevelden naar de plek waar zijn paard rustig stond te grazen. Gareth nam plaats in het zadel en reikte Evelyn zijn hand om hem te vergezellen. Evelyn kroop dicht tegen hem aan en sloeg haar armen stevig om zijn middel waarna zij in een rustige draf vertrokken. Het hellende rotsachtige landschap vloog aan hen voorbij. De kenmerkende oranje en felgele bloemen die tussen de keien groeiden nabij de kust, verdwenen en maakten plaats voor de groene bebossing op de heuvels van het ruigere binnenland. De rit duurde te kort, het was heerlijk om samen te zijn en van de vrijheid te genieten.

Gareth zag vanuit de verte *The Black Swan* achter de heuvels verschijnen, de herberg waar hij gisterenmiddag met meneer Oliver en Riley aankwam. Hij dacht terug aan die dag:

Het weerzien met de kapitein maakte veel emoties bij hem los. James was zienderogen opgeknapt door zijn verblijf in het klooster in Lissabon. Hij had een nieuwe beenprothese en stond voor hen als de trotse man die hij eens was. Hij bood hen een stevige maaltijd aan, biefstuk, bieten en aardappelen, en whisky om het mee weg te spoelen. Daarna gaf hij hen een keuze uit een flinke stapel nieuwe kleren die hij had meegenomen uit de Portugese hoofdstad. Allemaal van fijne zijde en katoen.

'Alleen het beste voor mijn trouwste mannen,' had hij gezegd.

Gareth koos echter de meest eenvoudige witte blouse en een bruine broek en daarnaast nieuwe zwarte laarzen, daar zijn oude ver waren versleten.

Gareth stapte af van zijn paard en hielp Evelyn in haar lange roze jurk afstijgen. Gearmd liepen zij naar binnen, gingen de trap op en kwamen aan bij de kamer van James. De kapitein deed open en kon zijn tranen maar amper bedwingen. Hij klopte Gareth op zijn schouders en omhelsde hem.

'Goed je weer te zien jongen, het is geweldig dat jullie eindelijk samen zijn.
Echte liefde overbrugt alles, het geeft ons hoop.'

Evelyn werd voorgesteld aan Riley, die ze in eerste instantie niet herkende.

'Je kent mij vast niet meer, onze ontmoeting was dan ook kort.
We waren op een plek waar we beiden eigenlijk niet wilden zijn.
Denk eens terug aan die dag dat drie mannen aan de galg hingen, de straten waren verlaten en ik kwam naar je toe om wat vragen te stellen.'

'Ben jij dat geweest?' zei Evelyn en keek hem met grote verbaasde ogen aan.

'Als ik toen had geweten wie je was, had alles heel anders kunnen verlopen.
Gelukkig zijn wij allemaal herenigd en krijg ik nu een tweede kans om je te leren kennen.
Jij bent een echte ware vriend.
Ik ben gisteren bijgepraat en weet wat je allemaal voor ons hebt gedaan Riley, dank je wel.'

'Geen dank, mejuffrouw Barley.
Jullie zijn allemaal mijn familie.

Niemand zal ons ooit nog uit elkaar drijven.'

Hij hief een glas whisky omhoog en proostte op het gezelschap.
Al na de eerste slok trok hij echter een zuur gezicht.

'En deze bocht noemen jullie verdomme whisky?
Ik geef toch echt de voorkeur aan echte Ierse whiskey, puur en
rauw als de heuvels van Donegal!'

James en meneer Oliver, die hen zwijgend had gadegeslagen,
lachten. De voormalige kapitein schonk voor iedereen bij en
proostte op de hereniging. Toch was er geen vreugde te lezen in
zijn ogen.

'Wat zijn de plannen Gareth,' zei James zonder er nog langer
omheen te draaien.

'Jij weet hoe je Nathan ten val kan brengen?
Je kunt op ieder van ons rekenen, dat weet je.'

Gareths gezicht verstarde.

'Ja, het is tijd, ik weet wat er moet gebeuren.
Ik kan jullie echter niet veel vertellen, jullie zullen mij moeten
vertrouwen op mijn woord.
Dit is iets waar ik al langer mee rondloop, heel erg lang.
Maar ik heb een plan uitgewerkt, hier in mijn hoofd, en het
resultaat ervan zal zichtbaar worden tijdens het grote balfeest ter
ere van die bastaard.'

Gareth wendde zich tot de Ier.

'Dit plan is al in gang gezet bij jou, Riley en jij gaat terug om het af te maken.

Jij gaat vandaag nog, zoals Nathan van je verwacht, terug naar het landhuis en maakt het schilderij af.

Tegelijkertijd wil ik dat je nog iets voor mij doet.

Vind alle namen van de genodigden voor dit feest en zorg dat je ze op papier krijgt.

Ik wil deze lijst binnen twee dagen hier hebben.

Wij blijven hier totdat je terugkomt.

Meneer Oliver gaat naar zijn contactpersonen in het graafschap, zodat we op de hoogte blijven van de laatste ontwikkelingen.

Daarna gaan een aantal van ons naar Everly Hall, op de dag dat het balfeest wordt gegeven.

Dit vindt al over een week plaats, op de derde augustus.

Haast is geboden.

Vergeef mij dat ik mijn plan niet verder kan uitleggen, maar dit is beter zo, mocht er iets misgaan.

Hoe minder je weet, hoe minder het tegen ons gebruikt kan worden.'

'Dan zal ik maar eens gaan, er is schilderwerk te doen,' zei de Ier opgewekt.'

'Dank je Riley, en houd vertrouwen op een goede afloop.
Ook voor jou en Evina, jullie horen bij elkaar.'

'Dat is een mooie gedachte Gareth, maar hoe zou dit in hemelsnaam kunnen?
Zij is getrouwd met de machtigste man van het Noorden.
Ik ben maar een eenvoudige tekenaar.'

'Houd hoop Riley, vanaf nu bepalen wij ons eigen lot!'

De Ier omhelsde hem, zwaaide de anderen gedag en vertrok.

Evelyn wendde zich tot haar vader en Gareth en keek hen aan met droefenis in haar ogen.

'Nu wij hier samen zijn, wil ik jullie graag meenemen naar iemand die mij zeer dierbaar was.'

Terwijl ze keek naar haar vader begon ze zachtjes te huilen. Zonder nog iets te zeggen, verliet ze de kamer, ging de trap af en verliet de herberg, gevolgd door James, Gareth en meneer Oliver. Na een korte wandeling kwamen zij uit op een verlaten gebied achter de herberg. Daar, tussen de wildgroei aan planten lag een vlakke grafsteen zonder naam. Evelyn knielde en legde er bloemen op.

'Papa, je weet toen moeder was overleden zij nooit de laatste sacramenten heeft gehad.
Gelukkig was daar wel een oude man, een vriend van u van lang geleden die medelijden met mij had en haar hier heeft begraven. Barry Arton, die vriendelijke scheepsbouwer uit Arlow.'

Op James` zijn gezicht verscheen een glimlach.

Goede oude Barry.

Evelyn sprak verder.

'Samen zijn we op zoek gegaan naar de platste steen die we konden vinden en…'

Evelyn begon hevig te snikken.

'…en het is er nooit meer van gekomen haar naam erin te laten beitelen.

Barry was plots verdwenen op de dag dat hij dit wilde afmaken, opgepakt had ik later vernomen.

Het is een naamloze steen, alsof ze er niet echt is.

Vergeef me vader.'

James nam haar in zijn armen. Tranen gleden over zijn wangen. Door het zien van het graf kwam het verdriet om het verlies van zijn vrouw pas echt naar boven. Met vochtige ogen keek hij haar aan.

'Meisje, dat jij onder die zware omstandigheden dit nog voor je moeder, mijn lieve Emma, hebt kunnen doen is al heel wat.

Ik beloof je zodra deze ellende voorbij is, zij een waardig afscheid krijgt met een bijpassend graf met haar naam in de mooiste letters.'

'Dank u vader.'

Meneer Oliver, die Emma goed gekend had en lang geleden de kapitein zelfs aan haar had voorgesteld, keek met gemengde gevoelens van verdriet en woede naar de steen.

'Genoeg is genoeg!' gromde hij.

'Gareth, het is tijd voor wraak.

Deze tirannie kan zo niet langer doorgaan.

Ik hoop dat je plan werkt, want ik lust die corrupte adel rauw.'

Eind juli 1658, Everly Hall

Na een lange rit was Riley aangekomen bij het landhuis van de Everly`s. Hij was een vertrouwd gezicht en werd zonder enkel probleem binnengelaten. Normaal gesproken stond daar altijd die norse opzichter om de doorgang te bewaken. Riley lachte in zichzelf.

Geen spoor meer van Elliot Quin, haha.
Die zien we nooit meer terug.

Riley liep verder door naar een lange, goed verlichte kamer die speciaal voor zijn schilderwerk was heringericht als atelier. Helemaal vooraan stond de graaf tevreden kijkend naar zijn enorme portret. Het werk was al in een vergevorderd stadium. Een week moest voldoende zijn om het af te krijgen en het aan de wereld te kunnen tonen.

Kijk maar lang en kijk maar goed voor zolang het duurt, idioot.

Alsof Nathan zijn gedachten kon lezen draaide hij zich met een ruk om.

'Ah, je bent er al.
Man van het uur, dat mag ik wel, zelfs voor een Ier.'

Riley kon de denigrerende opmerking met moeite negeren. Hij pakte zwijgend zijn schildersspullen uit zijn tas en vroeg Nathan zijn pose aan te nemen.
Na enkele uren had hij het werk voor deze dag kunnen afronden. Nathan verkeerde blijkbaar in een zeldzaam gevoel van

blijdschap, want hij nodigde Riley uit samen met hem te dineren. De Ier sloeg het aanbod vriendelijk af. Hij had belangrijkere zaken te doen dan het nietszeggende gezwets van die gladjakker te moeten aanhoren. Hij wilde naar Evina toe. Zij zou zeker niet bij hen aan tafel komen zitten. Het ontbijten en dineren deden zij ieder op andere momenten van de dag. Dit was zijn kans. Hij loog dat hij vroeg naar bed zou gaan, maar sloop ongezien naar de kamer van Evina, die hem naar binnen loodste en hem overlaadde met kussen.

'Evina mijn schat, het liefste wil ik je nu beminnen, maar er is wat belangrijks gaande en er is haast bij.
Het moet vannacht gebeuren.
Iemand heeft om mijn hulp gevraagd.
Een goede vriend, aan wie ik mijn leven toevertrouw zonder enige aarzeling.
En ik heb hierbij jouw hulp hard nodig.'

'Gaat het om Nathan?
Zijn er meer mensen die hem haten?'

'Het zijn er genoeg die onze haat delen, Evina.'

'Wat moet ik doen, Riley.
Ik doe alles wat nodig is om van hem af te zijn.'

Riley knielde voor haar neer en pakte haar beide handen.

'Kun je aan de complete gastenlijst komen van het grote balfeest aankomende augustus?'

'Dat… moet mogelijk zijn, maar dan moet ik het overschrijven want hij heeft maar één exemplaar.

Maar je kunt me hiermee helpen, toch?'

Riley keek haar beschaamd aan.

'Ik kan schilderen en schetsen Evina, dat heb ik mijzelf aangeleerd, maar schrijven kan ik niet.

Ik ben niet van adel en daarom heb ik die kans nooit gekregen.

Je zult me nu wel een hele vreemde vogel vinden.'

'Nooit zal ik zo laag over je denken Riley.

Ik ben van hoge adel, maar wat zegt dat?

Ik ben gelukkiger met jou dan met heel deze gouden kooi waarin ik moet leven.

Ik schrijf elke naam voor je over zonder enige twijfel.'

'Waar ligt die lijst Evina?'

'Die ligt beneden in zijn werkkamer.

Ik weet niet of hij daar vanavond zal zijn.

De laatste maanden zat hij daar vaak achter gesloten deur te vergaderen met die opzichter, maar sinds die vreselijke man plotsklaps verdween, is hij weer vaker buitenshuis te vinden.

Soms blijft hij wel dagen weg.

Dan hoor ik hem vertrekken op zijn paard en laat in de nacht pas weer thuiskomen, dronken en schreeuwend.'

'Verdomme, hoe weten we waar hij vanavond zal zijn?'

'Laat dat maar aan mij over,' zei ze opeens met een ondeugend lachje op haar gezicht.

'Wacht hier op mij, ik ben zo terug.'

Riley wachtte op haar bed. Hoe graag had hij nu liever onder deze lakens gelegen dan erop te moeten zitten. Ongeduldig keek hij naar de deur. Waar bleef ze toch? Voor zijn gevoel leek het uren te duren, maar in werkelijkheid was er slechts een half uur verstreken toen de deurklink naar beneden ging en Evina binnenstapte. In haar hand hield ze de lijst.

'Hoe heb je dat voor elkaar gekregen?'

'Krokodillentranen, zeuren en klagen, Riley, werkt altijd.
Ik ben net zolang tegen hem tekeergegaan, dat hij woedend door de hoofdpoort naar buiten liep en er op zijn paard vandoor ging. Die zien we de komende uren niet terug.
The Kings Head mag hem hebben, haha.'

'Je bent geweldig, wist je dat.'

Riley tilde haar op en gaf haar een lange kus.

'Nu stoppen met je verleidingspogingen meneer Kellegan, anders is alles voor niets geweest.'

Evina giechelde en liep naar een gepolijst ebbenhouten kastje waar ze enkele vellen papier en een inktpot uithaalde.

'Hoeveel namen zijn het eigenlijk?'

'Zo te zien wel meer dan driehonderd, Riley!
Nathan pakt het grandioos aan.
Hij denkt echt dat hij de koning is.'

Ze doopte de veren pen in de inkt en schreef de namen over.
Bij het twaalf keer slaan van de vergulde klok op haar dressoir
wisten zij dat de nacht begonnen was. Evina was bijna klaar.

'Zo, en dat is dan de laatste, George Efferson, de enige
erfgenaam van de bankiersfamilie uit Sheffield.'

Ze kneep haar hand een paar keer open en dicht om de kramp
tegen gaan.

'Oh hemel, de lijst moet terug in de bovenste la van het bureau
voordat Nathan terugkomt!'

'Ik ga wel.
Ik ken de weg ondertussen goed genoeg, dan kun je even
uitrusten.'

'Wees voorzichtig.'

Riley deed zijn laarzen uit en liep stilletjes de trap af, opende de
werkkamer en stopte de lijst terug in de la. Toen hij de deur
achter zich wilde dichtmaken stond hij plotseling oog in oog met
een dronken Nathan.

'Wat doe jij in mijn werkkamer in het holst van de nacht?' riep
hij met overslaande stem.

'Nou, spreek of moet ik de woorden uit je slaan!'

Riley's hart bonkte in zijn keel. Hij moest zich hier heel snel uit
zien te redden.

'Ik… ik zocht inspiratie voor het laatste deel van uw portret.
U was er niet, dus ben ik zo vrijmoedig geweest uw werkkamer te betreden.
De plek waar u het liefste bent.
Ik dacht door hier te zijn, zou ik uw drijfveer voelen, uw nobele kracht.'

Op Nathans voorhoofd verscheen een frons.

'En… heb je gevonden wat je zocht?'

Hij hikte, verstapte zich en greep Riley`s schouder vast om rechtop te kunnen blijven staan. De drank had meer vat op hem dan hij wilde toegeven.

'Ja, ik heb de beste inspiratie gevonden, het finalestuk voor dit meesterwerk.
U kunt trots zijn heer graaf, dit wordt een feest dat niemand snel zal vergeten.'

Nathan was te vermoeid om nog iets zinnigs te zeggen, verliet de kamer, ging de trap op en opende zijn slaapkamerdeur. Riley hoorde een harde klap, volgde hem naar boven en gluurde naar binnen. Nathan was naast zijn bed gevallen en lag op de houten vloer diep te snurken. De Ier lachte.

Je ligt precies waar je thuishoort, achterlijke dwaas.
Dat zal morgen een paar mooie blauwe bulten geven.

Hij deed de deur achter zich dicht en liep zachtjes naar de andere kant van de gang naar Evina`s kamer. De deur stond op een klein kiertje. Gespannen zat ze op bed te wachten.

'Gelukt?'

'Ja, gelukt.
Dan is het nu tijd voor wat ontspanning.'

Riley deed de deur op slot en nam Evina in zijn armen.

'Waar waren we gebleven?'

Heel vroeg in de ochtend nog voor de zon opkwam, reed Riley zo hard hij kon terug naar *The Black Swan* en overhandigde de lijst aan Gareth.

'Goed gedaan en zo snel!
Ik kan je niet genoeg bedanken, hoe…?'

'Dat vertel ik je nog wel een keer, maar niet nu.
Ik moet snel weer terug naar Everly Hall.
Onze graaf zit klaar op zijn adellijke kont om te poseren.
Die dronken kop vol builen zou ik niet willen missen, haha.'

Nadat Riley weer was vertrokken, ging Gareth zitten in een stoel naast het openstaande raam. Hij vouwde de lijst open en nam aandachtig de namen één voor één door. Zijn ogen glunderden.

Iedereen die ik in gedachten had heeft hij uitgenodigd.
Alles verloopt volgens plan.

Hij pakte een veren pen en omcirkelde de namen die er voor hem uitsprongen: *De oude Lady Prudence, David Everly, Evina Cassington* en *Dokter Timothy Clarkson.*

Gareth schrok op door een hand die zachtjes op zijn schouder leunde. Het was Evelyn. Hij was zo in gedachten verzonken dat hij niet in de gaten had dat zij al enige tijd achter hem stond. Hij draaide zich naar haar toe.

'Ik weet wat je denkt, waarom heeft hij gelogen en gezegd dat hij niet kon lezen?'

Hij stond op en keek haar met bezwaarde ogen aan.

'Ik wilde niet tegen je liegen en het spijt mij meer dan je denkt.
Ik kan je niets vertellen, nog niet tenminste.
Het enige dat ik kan zeggen, is dat ik het deed om mijzelf en jou te beschermen.
Na het balfeest zal alles op zijn plek vallen, dat is een belofte.
Geen geheimen meer, nooit meer!
Vertrouw je me?'

'Je zult je redenen hiervoor hebben al begrijp ik ze niet, maar als jij zegt dat het goed komt dan vertrouw ik daarop.
Twijfel daar nooit aan.'

'Dank je Evelyn, deze woorden van jou had ik nodig.
Het laatste wat ik wil is je verdriet doen.
Heb nog even geduld.
Nog een week en dan is deze ellende voorgoed voorbij.'

Het personeel had nog maar één dag de tijd om de laatste details voor te bereiden voor het grootste balfeest dat het noorden ooit zou gaan zien.

Nathan was in zijn nopjes. Bijna alle genodigden hadden toegezegd te komen, iedereen waar hij zichzelf aan kon presenteren als grootste en machtigste graaf van het noorden. Hij inspecteerde de chique eetzaal. Tientallen bedienden en dienstmeiden waren druk in de weer met de tafelschikking. Alles, van de borden, het bestek, tot aan de servetten en de kandelaars waren precies met elkaar in verhouding. Nathan liep door naar de grote zaal die daarnaast lag. Hij stopte voor de hoge eiken deur. De donkerbruine deurhelften waren al een juweel op zich. Het hout glom en was van boven tot onder versierd met mooie vormen en patronen die erin waren gekerfd. Hij opende de deur en kwam uit op een verhoogd plateau, bedoeld om de genodigden een groots entree te geven. Voor dit halfronde podium was een brede trap aangelegd, elke tree bedekt met rood fluweel. Nathan keek tevreden naar de zaal beneden hem. De mooiste en indrukwekkendste zaal van het hele huis, de balzaal. Het eerste wat hij zag was het grote schilderij in een dikke vergulde lijst. Het was eindelijk af. Het hing hoog aan de muur tegenover de entree. Het was een ware blikvanger voor alle genodigden. Riley had waargemaakt wat hij hem beloofd had. Hij had de Ier een zak met waardevolle Cromwell munten gegeven als beloning en hem ook twee uitnodigingen voor het feest gegeven. Voor hemzelf en een introducé. Maar de schilder had het lef hem te vragen of hij twee introducés mocht meenemen.

De ondankbaarheid, de brutaliteit!

Hij had hem eigenlijk deze unieke kans, om als enige niet-adellijke deel te nemen aan een balfeest, moeten ontzeggen. Maar omdat hij in een goede bui verkeerde, had hij hem zijn onbeschoftheid vergeven. Hij mocht komen, maar met één introducé. Nathan nam de trap naar beneden en inspecteerde elk detail. Er mocht niets meer fout gaan. In de zaal heerste een drukte van jewelste. Op hoge ladders stond het personeel lange goudkleurige gordijnen op te hangen voor de glas in lood ramen en bonden ze samen in een sierlijke vlinderstrik. Zilveren kaarsenstandaards die om de drie meter verankerd zaten in de muren, werden opgepoetst tot ze smetteloos blonken en de houten vloer werd grondig geïnspecteerd door het hoofd van de huishouding. Wekenlang waren zij bezig geweest om het parket dat uit Frankrijk kwam te reinigen en het vervolgens in de boenwas te zetten. Vier egale lagen bedekten de vloer. Het blonk alsof het een bevroren meer was. Lange spiegels hingen opgesteld aan de achterzijde van de zaal om meer diepgang te creëren, waardoor de zaal eindeloos door leek te gaan.

Een perfect optisch bedrog, vond Nathan.

Boven aan het spierwitte plafond hing een enorme kroonluchter van zilver, versierd met ovalen kristallen ingevoerd uit India, één van de Aziatische koloniale landen. Nathan was een tevreden man. Sinds tijden had hij het gevoel dat alles klopte. Dit was het moment waar hij naartoe had gewerkt. Iedereen zou hem erkennen als een waardige man van de hoogste adel, iemand waar niet mee te spotten viel. Ook al was hij nog jong, hij had alles voor elkaar gekregen wat hij wilde. En morgen, op de derde augustus, op de dag van zijn vaders verjaardag, zou niet Nathaniel Everly, maar hijzelf in het middelpunt staan.

Nathan liep terug naar de ontvangsthal. De eerste gasten waren inmiddels gearriveerd. Het waren de adellijke families die van ver kwamen en enkele dagen of zelfs een week in het landhuis zouden verblijven. Zij kwamen van het Europese vasteland om hem hun respect te tonen, zelfs uit Oostenrijk en het verre Rusland. In hoogsteigen persoon verwelkomde hij zijn waardevolle gasten.

'Welkom, welkom allemaal in mijn nederige huis.
Doe of u thuis bent.
Nee, u zult wel denken, dat kan hij wel mooier verwoorden.
En dat kan ik zeker.
Beter nog, ik probeer het opnieuw.'

Nathan maakte een diep buiging voor de twee mannen en vrouwen die voor hem stonden.

'Welkom, welkom, familie Von Altenroden, in mijn paleis waar al uw dromen zullen uitkomen.
Als u over een paar dagen weer vertrekt, kan alles wat daarna komt alleen nog maar tegenvallen.
Waan u in een sprookjeswereld waarin u niets te kort zult komen.
Volgt u mij naar uw kamer.'

3 augustus 1658, Het Balfeest, Everly Hall

Spierwitte koetsen getrokken door rijkelijk versierde paarden kwamen in grote aantallen aan op het landgoed. Staljongens, dit keer gehesen in nette zwarte pakken, begeleidden de koetsiers naar de juiste plek en hielpen de mooi geklede dames met uitstappen. Prinsen, hoge officieren, graven, hertogen, politici, bankiers; iedereen die ook maar iets te zeggen of te betekenen had was uitgenodigd en kwamen één voor één aan bij Everly Hall. Speciaal voor deze gelegenheid waren er nieuwe marmeren beelden geplaatst in de tuinen. Godenfiguren uit de oude Griekse Periode. Overal waar de genodigden keken bloeiden heerlijk geurende rozen, grote rode pioenrozen afgewisseld met roze en paarse rozenstruiken en hoge witte stokrozen. Een lakei ontving bij de hoofdpoort de gasten, nam de uitnodigingen aan en begeleide ze vervolgens naar de dinerzaal waar ze mochten plaatsnemen op hun vooraf bepaalde stoelen. Over elke plek was van tevoren strategisch nagedacht door Nathan. De juiste personen werden naast Nathans bankiers en zaakwaarnemers geplaatst zodat nieuwe overeenkomsten en handel kon voortvloeien na afloop van het feest. De mannen droegen hun mooiste tenues waarvan iedereen hun titel of adellijke afkomst overduidelijk aan kon herkennen. Op hun hoofd droegen zij een lange pruik met glanzende krullen, een waar statussymbool voor de rijken. Enkelen droegen zelfs hun officiële wapens. De vrouwen van koninklijke huize droegen veelal een diamanten diadeem en dure halskettingen. Zij waren gekleed in een jurk die nauw om de taille sloot maar breed uitmondde naar beneden toe. Vervaardigd van het fijnste en duurste zijde, versierd met kanten borduursels en kleine edelsteentjes.

Bij de hoofdpoort verscheen een nieuwe koets. Een staljongen kwam toegesneld en nam het paard bij het bit zodat de koetsier de teugels kon laten vieren. Het was al aardig druk. De beste plek waar het rijtuig nog kon staan, was een vrijgemaakt veld achter de stallen. De jongen opende de deur en Gareth, Riley en Evelyn stapten uit. Gareth was gehuld in een donkere lange gekapte mantel die zijn hoofd bedekte. Hij was niet gekleed voor het feest, de anderen daarentegen wel. James had Riley zijn mooiste pak gegeven, een donkergrijze pantalon, een zwarte jas met gouden manchetknopen, een witte zijden blouse en glanzende bruine laarzen met vergulde gespen. Riley dacht met een lach terug aan wat hij tegen de kapitein zei toen hij hem de pruik overhandigde:

'Een Ier met een pruik voelt als een stikkende vis op het droge. En waar het water de vis redt, werkt whiskey als een medicijn voor een Ier,' waarna hij met een brede grijns een flinke slok nam.

Evelyn was beeldschoon. Gareth hielp haar bij het uitstappen, keek haar bewonderend aan en kuste haar hand. Ze bleef hem verbazen. Ze droeg een lichte hoge pruik met pijpenkrullen net als de andere adellijke vrouwen. Haar jurk was prachtig. Een crèmekleurige wijd uitlopende baljurk met witte ruches en een witbonten cape over haar schouders. Om haar hals droeg ze een zilveren ketting met een hart, een juweel wat eens tot haar moeder behoorde. Om haar handen droeg ze witte zijden handschoenen die tot haar ellebogen doorliepen. De staljongen wees hen de weg naar de ingang van het immense landhuis. Het gezelschap knikte beleefd, maar sloeg een andere weg in toen hij ver genoeg van hen vandaan was. Het was een plek waar niemand hen kon zien. In een overdekte kiosk bespraken zij nog eenmaal het plan dat zij diezelfde middag meerdere keren hadden doorgenomen. Riley zou samen met Evelyn naar binnen gaan en zich onopvallend mengen tussen de gasten. Zij was Riley`s genodigde. Gareth zou op een andere manier naar binnen komen en vervolgens zijn geheime plan in werking stellen. Niets mocht nu nog misgaan.

'Wacht hier op mij tot ik terug ben,' zei Riley tegen Evelyn.

'Ik moet Gareth ongezien naar binnen zien te krijgen.
Wees niet ongerust, ik weet een manier.
Het zal niet lang duren.'

Evelyn nam afscheid van Gareth, die voor even zijn kap had afgedaan.

'Het is maar voor even, je ziet mij vanavond sneller terug dan je denkt,' sprak hij zonder enige vorm van twijfel.

Hij nam afscheid, trok de kap van zijn mantel opnieuw over zijn hoofd en liep in versnelde pas achter Riley aan naar het landhuis. Zij vermeden de hoofdingang en liepen door tot ze bij een klein achterdeurtje kwamen, bestemd voor het keukenpersoneel en de bediening.

'We zijn precies op tijd, Gareth.'

Hij klopte drie keer lang en twee keer kort op de deur en iemand die ook een lange mantel droeg deed open. Ze sloeg de kap naar achteren en lachte. Het was Evina.

'Goed, jullie zijn er.

Volg mij, ik heb iedereen met een smoes de keuken uitgewerkt, maar ze zullen niet al te lang wegblijven.'

De twee mannen volgden Evina die hen naar een klein leegstaand kamertje bracht.

'Fijn om je eindelijk te ontmoeten, vriend van Riley, alleen de omstandigheden zijn er nu niet naar om elkaar beter te leren kennen.'

'Insgelijks Evina, dank je wel voor je hulp.
Maar keer snel terug naar het feest, Nathan mag geen argwaan krijgen, jij blijft immers zijn vrouw.'

'Daar ben ik mij helaas van bewust.'

Ze keek van Gareth naar Riley en pakte zijn hand.

'Zie ik je zo bij het diner?'

'Natuurlijk, lief, ik zou deze *poppenkast* zoals je jouw leven zo vaak noemt, voor geen goud willen missen.'

Evina snelde ongezien de kamer uit.

'Heb je alles bij je Gareth?'

'Ja, het zit in mijn binnenzak en jij?'

Riley knikte en opende een ladekast.
'Kijk, hier ligt alles waar je om vroeg.
Ik hoop dat je weet wat je doet, Gareth.

Ik heb echt geen enkel idee wat je van plan bent, maar ik hoop dat je zult slagen.

Wij vertrouwen allemaal op jou.

Ik ga ervandoor.

Ik moet naar Evelyn om een grandioos entree te maken, haha. Geen feest kan beginnen zonder een Ier.'

Riley sloot de deur van het kamertje achter hem en ging via dezelfde weg terug naar buiten. Het personeel kwam mopperend de keuken binnen net op het moment dat hij de buitendeur achter zich sloot. Hij zuchtte opgelucht en maakte zich uit de voeten. Evelyn wachtte gespannen op hem in de kiosk. Al met al was het vrij snel gegaan, maar het wachten leek voor haar gevoel toch een eeuwigheid te duren.

'Alles is volgens plan verlopen, Evelyn.

Het is tijd om naar binnen te gaan, naar het hol van de duivel.'

Hij bood haar zijn arm aan en begeleidde haar naar het landhuis. Een deftige lakei controleerde hun uitnodigingen en wees hen vervolgens de weg naar de dinerzaal die Evelyn herkende van de trouwerij van Nathan en Evina. Ze had gemengde gevoelens over die tijd. Ze was hier samen met haar moeder op uitnodiging van Rupert Everly, om vervolgens door zijn neef op straat te worden gezet als oud vuil. Hoe tijden konden veranderen.

Riley en Evelyn sloegen zich door de overdaad aan gangen heen. Het ontbrak hen aan niets, maar de spanning bij beide zorgde ervoor dat ze er niet van konden genieten. Riley probeerde zo min mogelijk naar Evina te staren, maar hij kon het niet helpen. Ze zat naast Nathan die deed alsof hij de beste echtgenoot was die er bestond. Hij overlaadde haar met mooie lovende woorden en als dieptepunt kreeg ze zelfs een dure parelketting met een gouden hanger cadeau. Ze keek schuin naar Riley en zag zijn ingehouden woede.

Houd vol, het is allemaal toneel, las hij in haar ogen.

Om afleiding te zoeken keek hij naar de andere genodigden om hem heen. Het waren allemaal vreemden voor hem. Slechts twee andere Everly`s waren aanwezig aan deze eindeloos lange tafel. Nathans oudste broer David, de dominee, was uit de grote stad York overgekomen en naast hem zat lady Prudence, de oud-gravin van Everly Hall. Nog altijd zonder spraak en met reuma die steeds dieper haar ledematen aantastte. Dokter Clarkson zat naast haar en hielp de vrouw met haar bestek zo goed als hij kon. Na het diner, dat wel drie uur lang duurde, werd iedereen verzocht naar een speciale ruimte te komen waar ze konden rusten alvorens het bal zou beginnen. Er stond een grote pianovleugel klaar voor eenieder die zijn muzikale vaardigheden wilde laten horen.
Weer verstreek er kostbare tijd. Evelyn en Riley konden met moeite hun geduld bewaren. Plots verscheen Nathan voor hen.

'Wie is deze schone dame, meneer Kellegan?' waarna hij haar hand kuste.

En precies zoals Evelyn van tevoren had verwacht, waar ze op gokte, gebeurde. Nu ze gekleed was als iemand van hoge adel, net zo mooi als iedere andere dame met haar krullende pruik en juwelen, herkende hij niet de jonge vrouw die hem een tijd terug uitdaagde op zijn eigen landgoed.

'Dit is mijn nicht, Leonore Clancy, van de rijke bankiersfamilie uit Dublin.'

'Zeker aangetrouwde familie?
Je hebt *The Luck of the Irish* Riley, zonder haar was je waarschijnlijk slechts een straatkunstenaar geworden,' riep hij denigrerend waarna hij zich wendde tot Evelyn.

'U intrigeert mij, misschien kunnen wij ooit eens zaken doen, lady Clancy?
Maar voor nu geniet van jullie avond.'

Hij maakte een korte buiging naar Evelyn, die niets liet merken van haar afkeer, en liep naar de andere gasten.

'Je hebt een enorm risico genomen, besef je dat wel?' fluisterde Riley.

'Ja, maar hij doorzag mij niet.
Hij is te oppervlakkig om te zien wie ik echt ben.
Hij ziet niet de persoon, alleen de status.
Een lady met een dure jurk en een te grote pruik.
Als ik één ding heb geleerd, dan is het wel om geduld te hebben.
Zijn val komt later vanavond als alles volgens Gareths plan verloopt, wat dat ook moge zijn.'

Plots ging Nathan in het midden van de ruimte staan en gebaarde met zijn armen om stilte.

'Beste vrienden, ik houd het kort.

Ik hoop dat het diner naar wens is geweest en om deze avond voort te zetten in dezelfde stijl, verzoek ik u allen mij te volgen naar de balzaal waar het feest der feesten zal beginnen.'

Nathan kreeg een groot applaus en tevreden liep hij voorop tot hij bij de hoge deur stopte. De mensen achter hem vormden een lange rij. Twee lakeien openden ieder een deurhelft waarna de genodigden op volgorde van rang en status aangekondigd werden. De muziek werd ingezet en naarmate de zaal steeds voller raakte, werd er ook gezamenlijk gedanst. Riley en Evelyn stonden tegenover elkaar, hun rechterarmen hoog de lucht in, de linker op de zij.

'Waar heb je zo goed leren dansen, Riley?'

'Evina heeft mij de afgelopen week les gegeven en ik ben een goede leerling, nietwaar?'

Evelyn lachte. Het dansen ontspande hen beide enigszins. Maar de gedachten aan Gareth liet hen beide niet los. Waar was hij? Wat was hij van plan? Bij de tweede dans zag Riley tot zijn afgrijzen dat Nathan zijn armen stevig om Evina heensloeg en haar tegen zich aandrukte. Hij kuste haar zelfs op haar nek.

'Zie je dat Evelyn, wat een farce!
Hij geeft niets om haar.'

'Beheers je Riley, ze moet het meespelen.
Ik weet zeker dat ze alleen aan jou denkt.'

Evelyn had de woorden nog maar nauwelijks uitgesproken of Evina`s ogen hadden Riley al gevonden. De Ier zag dat ze het moeilijk had. Hij glimlachte naar haar.

Houd vol, houd vol, mijn lief.

Na drie lange dansen hielden zij het voor gezien. De vermoeidheid begon toe te slaan. Het was bijna middernacht en van Gareth kwam geen enkel teken. De zaal was inmiddels gevuld met kleurrijke mensen waar de rijkdom vanaf spatte en nog steeds ging zo nu en dan opnieuw de deur open om nagekomen gasten binnen te laten, mensen die gezien hun belangrijke functies niet eerder konden komen. Riley schonk voor zichzelf een Ierse whiskey in en dronk deze met één teug leeg.

Waar blijft hij nou, zou er iets zijn misgegaan?

Hij wilde bijschenken toen Evelyn hem tegenhield.

'Nee, je moet helder blijven.
Hij komt echt wel, heb vertrouwen,' fluisterde ze.

De harpspelers en violisten zetten een langzamer nummer in, een mooie melodie met meer drama en gevoel. Het was bedoeld voor een dans voor man en vrouw alleen. Voor de vrijgezellen onder hen het langverwachte moment om een geschikte partner te vinden. En voor anderen om naar die ene verboden liefde te gaan. Hun kans grijpend om voor even bij degene te zijn waar ze echt van hielden. Riley en Evelyn wilden niet meer dansen, maar om niet op te vallen besloten zij alsnog deel te nemen.

Evelyn hield haar ogen gericht op de deur en Riley keek naar elke hoek van de zaal. Misschien was hij al aanwezig?

Halverwege het langzame nummer sloegen plotseling beide deurhelften met een harde klap open. De muziek stopte abrupt en de mensen keken met verschrikte ogen naar de man die op het plateau verscheen. Met zijn hoofd omhoog en zijn borst vooruit keek hij ieder van hen met indringende ogen aan. Hij was adellijk gekleed. De man droeg een donkerblauw uniform afgewerkt met gouden franjes op de schouders; onder de lange jas was de kraag van een zijden witte blouse zichtbaar. Gouden knopen sloten het geheel, een rode sjerp hing schuin over zijn schouder en hij droeg een bruine riem om zijn middel waaraan een blinkende degen hing. Een zwarte zijden broek en zwarte glimmende hoge laarzen met zilveren gespen maakten zijn tenue af. Zijn gezicht was glad en geschoren, zijn haren strak naar achter gebonden door een donkerblauwe strik. En aan zijn pink droeg hij een Keltische ring met een groene steen. De ring van zijn moeder. Gareth greep zijn degen en hield het wapen dreigend voor zich uit. Hij wees naar iemand uit de zaal.

'Nathan, Nathan, stap naar voren, zodat ik met eigen ogen kan zien wat voor een lafaard je bent geworden!'

De jonge graaf liet zich niet zomaar uit het veld slaan. Hij liep door tot onder aan de trap zonder ook maar een teken van angst te vertonen.

'Hier ben ik.
Ik weet niet wie je bent of hoe je hier bent binnengekomen, maar wees verstandig en maak dat je wegkomt in je nepkostuum.
Dit is een besloten feest.

Heb ik je misschien gekrenkt dat ik je niet heb uitgenodigd?' zei hij neerbuigend, maar Gareth bleef staan waar hij stond.

Evelyn en Riley kwamen langzaam dichterbij. Wat was hij van plan? Het tweetal keek elkaar gespannen aan en daarna weer naar Gareth. Hij zette een stap naar beneden op de trap. Zijn ogen bleven gefixeerd op Nathan. Hij wilde iets gaan zeggen, maar iemand anders was hem voor. Van achteruit de zaal wurmde Lady Prudence zich uit haar stoel en kwam langzaam omhoog. Een lakei wilde haar ondersteunen, maar de oude vrouw sloeg hem van zich af. Met haar wandelstok liep ze zelfstandig het hele stuk naar voren en stopte naast Nathan voor de trap. Ze keek Gareth aan en haar oude ogen werden steeds groter. Ze opende haar mond en sprak eindelijk de woorden uit die ze al zo lang wilde zeggen:

'V.. E.., V.. E.., Vi.. Ev.., Vincent Everly!
Vincent Everly, je bent terug, eindelijk.
Ik wist dat je ons niet verlaten had.
Ik voelde het in mijn oude botten dat deze dag zou komen.'

Ze keek schuin naar Nathan met een lachje.

'Zeg jouw tijd maar gedag,' waarna ze haar wandelstok hard op zijn voet plantte.

'Lang leve Vincent Everly,' riep ze nogmaals.

Een schok denderde door de hele zaal. Vincent Everly? Dat was onmogelijk! Nathan zette enkele stappen achteruit. Hij zag lijkbleek alsof hij een geest had gezien. Gareth ging weer enkele treden naar beneden en kwam zo dichter bij hem te staan.

'Ga weg, scheer je weg uit mijn huis!'

'Zwijgen jij en luister,' zei Gareth op bevelende toon.

'Ik ben Vincent Everly, de enige ware erfgenaam en graaf van Everly Hall.
Ik kom hier om mijn rechtmatige claim op de titel op te eisen en alles teniet te doen wat deze schoft hier heeft veroorzaakt. Nathan, broer, of zal ik zeggen, halfbroer; het is over!'

'Hij liegt, arresteer hem!
Ik heb deze man nog nooit gezien,' schreeuwde Nathan met overslaande stem.

Een handvol soldaten kwam aangesneld, maar Prudence ging beschermend voor Gareth staan en er schaarde nog iemand aan haar zijde. Een man die zich tot nu toe afzijdig had gehouden. Het was David.

'Broer ben jij het echt, maar jij was dood!
Hoe… hoe is dit mogelijk?
Als ik naar je kijk dan zie ik die jongen waar ik mee ben opgegroeid, maar, hij ging dood.
We hebben je zelfs begraven.'

Gareth legde zijn hand op zijn schouder en met de andere pakte hij de hand van Prudence.

'Ik ben terug en dit keer voorgoed.
Ik ben het echt en ik kan alles bewijzen voor degenen die hier nog aan durven te twijfelen.'

David hield de soldaten op afstand.

'Ik ben misschien geen graaf, maar wel een Everly en niemand van jullie komt aan mijn familie, is dat duidelijk!'

De soldaten keken vertwijfelt van Nathan naar David, maar de graaf wist niets meer uit te brengen. Gareth liep de trap helemaal af, stopte recht voor Nathan en keek hem recht in de ogen.

'Jij gaat nergens heen voordat je geluisterd hebt naar wat ik je te vertellen heb.
Het is iets wat ik lang geleden al had moeten doen, maar nu ben ik pas sterk genoeg om je te confronteren met je daden.
Jij en ik delen hetzelfde geheim, Nathan.
Alleen het grote verschil is dat ik moest vluchten om alles achter mij te laten, weg van vaders gruwelijk geheim.
Maar jij bleef en kropte alles op tot het je van binnen verteerde.
Jij was net als ik te jong en te onervaren om hier alleen mee om te kunnen gaan.
Maar waar ik mijn eigen koers bepaalde en mijn eigen leven leidde zo goed als ik kon, werd jouw leven er één van haat en verderf.
Ik zal het hier en nu ten overstaan van iedereen in deze zaal vertellen, geen geheimen meer.
Het ware verhaal van Nathaniel Everly en zijn bastaardzoon moet verteld worden!'

Nathan werd woedend en wilde hem te lijf gaan, maar David hield hem tegen.

'Laat hem spreken.

Ik wil weten wat hier gaande is en waarom ik als oudste broer nergens van af weet.'

'Nee, hij is een bedrieger!' schreeuwde Nathan.

'Deze man komt hier zomaar binnen met al deze wilde beschuldigingen.
Hij kan niets bewijzen.'

Gareth greep hem bij zijn kraag.

'Dat kan ik dus wel.'

Hij hield zijn hand voor Nathans gezicht.

'Zie je deze ring, herken je hem?'

Nathans gezicht vertrok tot een lelijk grimas van angst. Gareth praatte verder.

'Ik heb het juiste moment afgewacht en ik moet zeggen, het had niet op een beter moment kunnen plaatsvinden dan vandaag, op de verjaardag van onze vader.'

Hij liet Nathan met een ruk los, rende de trap weer op en vanaf de hoogste tree sprak hij iedereen in de zaal opnieuw toe.

'Mijn naam is Vincent Everly, de tweede zoon van graaf Nathaniel Everly en de Schotse Rossalyn van de clan McArthur. Deze zilveren ring heb ik gekregen van mijn moeder toen ik tien jaar werd.
Mijn initialen staan erin gekerfd, V en E.

Ik ben opgegroeid met mijn oudere broer David en mijn jongere broer Nathan in dit huis.

Wij waren een gelukkig gezin, tot die ene winterse avond, jaren geleden, luister:

Het was laat die avond, ik kon niet slapen.

Het vroor hard.

De koude tocht in het huis gaf me de rillingen.

Ik besloot wat door de gangen te lopen, iets wat ik wel vaker deed als ik niet kon slapen.

Maar ik was niet de enige die de slaap niet kon vatten.

Jullie, Nathan en David, sliepen wel, maar vader en moeder waren klaarwakker.

Ze hadden fikse ruzie en er vielen harde woorden.

Ik sloop dichterbij om te horen wat ze zeiden.

De deur van hun slaapkamer vloog wagenwijd open.

Ik verstopte me achter een kast en maakte me zo klein mogelijk.

De ruzie ging op de gang verder.

Moeder beschuldigde vader van overspel en het bleek niet de eerste keer te zijn.

Zij had hem eens vergeven uit liefde, maar nu had hij opnieuw zijn gelofte verbroken door een affaire er op na te houden.

Ze wilde dat hij vertrok en ze zou het huwelijk laten ontbinden.

Ik weet nog precies wat ze zei:

Jarenlang heb ik gedaan alsof Nathan mijn zoon is, om jouw en onze naam te beschermen.

Ik heb je vergeven voor je misstap met die zwartharige Spaanse hoer uit de stad.

En nu, doe je het gewoon opnieuw.

Ben je eigenlijk wel ooit gestopt met je bezoekjes?

Genoeg is genoeg.

Morgen licht ik Rupert in en zorg dat je uit je adellijke macht wordt gezet.
Hij zal graaf worden van Fernwood en ik...?
Ik vertrek met mijn twee echte zoons en Nathan voorgoed naar Schotland.
Ik zal de jongen blijven opvoeden alsof het mijn eigen kind is.
Jij zult ons nooit meer zien.

Wat er toen gebeurde was het meest verschrikkelijke wat ik ooit heb gezien.
Nathaniel verbood moeder met Rupert te gaan praten.
Het moest geheim blijven.
Ze wilde wegrennen maar hij greep haar stevig vast.

Laat me gaan, je zult boeten voor je verraad, waren haar laatste woorden.

Nathaniel duwde haar in een vlaag van woede van de trap, een val die zij niet overleefde.
En ik was als kind getuige van dit vreselijke drama.'

Gareth stopte even, lichtelijk geëmotioneerd veegde hij een traan weg. Hij herpakte zich en ging verder:

'Dit is nog niet alles.
Vader vond mij die avond in shock en trok me hardhandig omhoog vanachter de kast.
Hij zei dat ik mijn mond moest houden, anders zou ik naast mijn moeder eindigen onderaan de trap.
En om er zeker van te zijn dat ik het aan niemand zou vertellen, wilde hij me de volgende dag naar een streng internaat in Frankrijk sturen.

Ik stemde in, bang als een kind kon zijn, maar het lot bepaalde een andere weg voor mij.

De koets die de volgende dag klaarstond om mij naar Parijs te brengen, kreeg in de bossen een ongeluk toen een hert onverwachts voorbijschoot.

De paarden steigerden, de koets viel om met een harde klap.

De koetsier en zijn zoon, die niet veel ouder was dan mijzelf, overleden ter plekke.

Ik verwisselde mijn kleren met die van de jongen en ging er vandoor zonder plan.

Voor maanden heb ik rondgezworven in willekeurige dorpen en de bossen van Fernwood, totdat een vriendelijk Schots echtpaar uit Valmore mij bedelend vond op een stoep en mij opving.

Het was een mooie tijd.

Zij behandelden mij alsof ik hun eigen zoon was en leerden mij de juiste waarde en normen.

Maar ondanks hun goede zorgen bleef ik rusteloos, altijd was ik bang dat mijn vader plots voor me zou staan om me mee te nemen.

Die dag kwam gelukkig nooit.

Of vader echt geloofde dat ik dood was of dat het voor hem beter uitkwam dat ik weg was, wist ik niet.

Maar één ding stond voor mij vast, in Valmore kon ik niet voor altijd blijven.

Ik vertrok naar het zuiden, naar Cornwall, en nam al het werk aan wat ze mij konden bieden.

Daar begon ik de liefde voor de zee te ontdekken en de liefde voor een vrouw die hier vanavond ook aanwezig is.

De vrouw wiens familie veel onrecht is aangedaan door mijn gewetenloze broer.

Evelyn Barley, wil je naar voren komen?'

Evelyn had ademloos naar zijn verhaal geluisterd. Alle missende stukjes, de geheimen die hij had, vielen nu op zijn plaats. Ze liftte haar jurk een stukje op en rende naar hem toe.

'Evelyn Barley?' schreeuwde Nathan en zocht met zijn priemende ogen naar de vrouw die werd geroepen.

Evelyn ging voor hem staan en haalde de hoge pruik van haar hoofd. Pas nu herkende Nathan haar.

Dat brutale wicht, de stenen gooister.

Evelyn keek hem recht in de ogen en lachte.

'Ja, ik ben een Barley.
De Barley die van jou mocht wegrotten in een cel.
En niet de enige Barley, want mijn vader, kapitein James Barley, leeft en nu zal eindelijk zijn goede naam gezuiverd worden.
Iets wat niet voor jou geldt, want binnenkort zullen de rollen omgedraaid worden.
Dan ben jij diegene die de cel van binnen mag bekijken en mag je mij Gravin van Everly Hall noemen.'

Nathans ogen brandden van haat. Hij spuugde in haar gezicht. Gareth wilde ingrijpen, maar Evelyn hield hem tegen.

'Nee, hij is de mijne!'

Ze veegde het speeksel met een lach van haar wang en gaf hem vervolgens een harde klap recht in zijn gezicht. Nathan werd woest, maar Gareth duwde hem van haar weg. Hij knipoogde naar Evelyn.

'Dapper en sterk, je blijft me verbazen.'

Hij richtte zich weer tot de zaal.

'Het is tijd om mijn verhaal af te maken.
Luister, jullie allemaal.'

Gareth vertelde hen alles. Van de zeereis naar de Cariben en alle tragische gebeurtenissen die daarop volgden.
Nathan veegde een straaltje bloed van zijn lip en lachte vals.

'Mooie woorden, maar het enige bewijs dat je hebt is dit prul, dit ringetje.'

'Is dat zo?
Lady Prudence en David hebben mij herkend, dat is groot bewijs en deze ring telt zeer zeker mee.
Er zijn er slechts twee van in de hele wereld.
David draagt de andere, moeders andere *echte* zoon.'

Nathan keek naar zijn oudere broer die zijn ring omhooghield. Het was identiek aan die van Gareth. Prudence kwam tussenbeide.

'Gareth, ik kan je verhaal bevestigen en het verder aanvullen,' zei ze met krakerige stem.

'Vlak na je moeders dood heeft Nathaniel alles aan mij opgebiecht. Maar hij dwong mij te zwijgen, anders zou hij mij naar een zwaarbewaakt klooster verbannen, ver weg van deze plek waar ze niet zo vriendelijk omgaan met oude mensen.

En... hij wist absoluut zeker dat jij niet dood was, maar heeft iedereen doen geloven van wel.

Hij heeft diezelfde dag nog de koets in brand laten zetten zodat de lichamen onherkenbaar werden.

De jongen in de kist was niet Vincent Everly, maar de koetsierszoon.

Hij heeft daarna nog lang naar je laten zoeken, maar heeft je nooit kunnen vinden.

Dus je achterdocht was meer dan terecht.

Toen Nathaniel op sterven lag, wist ik dat hij zijn geheim aan Nathan wilde vertellen, terwijl ik het hem ten zeerste afraadde.

Hij had spijt op het eind, maar zelfs op dat moment dacht hij alleen aan zichzelf en droeg zijn ellende over op Nathan.

En zo is het precies gegaan.'

'Dank u mijn lieve grootmoeder voor het aanvullen van de ontbrekende tijdslijnen.

Alle aanwezigen hier in deze zaal, jullie hebben de waarheid gehoord over mijn vader.

Nu zullen jullie ook de waarheid aanhoren over deze man.'

Hij wees naar Nathan.

'Als je hard bewijs wilt bastaardbroertje, dan kun je het krijgen.

Jij zal gestraft worden voor jouw misdaden.

Je lijkt meer op je vader dan je denkt.'

Uit de binnenzak van zijn jas haalde hij het blauwe flesje tevoorschijn. Nathans ogen werden steeds groter.

'Dit flesje lag in je dressoirkast en de dop is gevonden onder het bed van onze stervende oom.

Met de inhoud van deze fles heeft Nathan, Rupert Everly vergiftigd om eerder graaf te kunnen worden om zijn valse plannen te kunnen uitvoeren.
Dokter Clarkson, treed alstublieft naar voren om mijn verhaal te bevestigen.'

Timothy, die al die tijd ergens achter in de zaal stond, kwam naar hem toe en vertelde alles wat hij wist:

'Ja, ik heb Evina toentertijd in het geheim ontmoet en op haar verzoek de druppels die nog in het flesje zaten onderzocht.
Het was een uiterst sterk gif dat de hersenen langzaam aantastte. Dag na dag, totdat hij eraan bezweek.'

'Evina Cassington, kan jij dit verhaal ook bevestigen tegenover iedereen in deze zaal?' riep Gareth.

'Jazeker, Nathan Everly is een moordenaar en alles klopt wat de dokter zegt,' schreeuwde ze luid en duidelijk.

'Jullie liegen, allemaal!
Ik ben absoluut geen moordenaar en zeker geen bastaard.
Ik heb het bloed van een Everly door mijn aderen stromen.'

Gareth schudde zijn hoofd en riep Timothy terug.

'Dokter, ik heb nog een belangrijke vraag, waar was u toen Nathan werd geboren?
U was er beide keren bij toen onze lieve moeder beviel van David en mij, nietwaar?
Heeft u dan ook Nathan ter wereld geholpen?'

De dokter zuchtte en keek Gareth diep in de ogen.

'Ik was er niet bij, Vincent.
Je moeder, zo werd het mij verteld, wilde deze keer bevallen bij haar familie in Schotland.
Jij en David bleven hier bij de hofdames, wat ik altijd al vreemd heb gevonden.
Lady Rossalyn hield zoveel van jullie, haar kinderen achterlaten was niets voor haar.
Maar in werkelijkheid moest ze wegblijven totdat Nathaniels Spaanse maîtresse was bevallen van zijn bastaard.
Op een dag keerde ze terug met de jonge Nathan in haar armen, de arme vrouw, alsof het haar eigen kind was.
Heel haar leven heeft ze zichzelf weggecijferd om jou, Nathan, een goed leven te geven en dit is je dank?'

De dokter keek hem vol walging aan. David die al die tijd zwijgend naast hen had gestaan, stormde woedend op zijn broer af en vatte hem bij zijn kraag.

'Vergeef me Heer voor de woorden die ik nu ga zeggen:
Jij verdomde rotzak, ik vervloek je!
Jij hebt mij met opzet naar het bisdom in York gestuurd.
Niet omdat je mij geschikt vond voor deze hoge kerkelijke functie, maar enkel om geen pottenkijkers rondom je heen te hebben die je verwerpelijke keuzes konden afkeuren.
Je kon mij niet doden, dus stuurde je mij weg.
Ik walg van je; ik haat jou!'

Onder de genodigden brak grote onrust uit en geroezemoes. Een oudere hertog uit Kent trad naar voren en maakte een buiging voor Gareth.

'U kent mij waarschijnlijk niet, jongeheer Vincent, maar ik was bij uw doop en ik geloof u.

U bent werkelijk een graaf, de echte graaf.

Hoe hebben wij deze man allemaal zo blindelings ons goede vertrouwen geschonken?

We hadden moeten zien dat er iets gaande was, vergeef ons.

Wij, met onze rijke ervaringen hadden moeten zien hoe hij zijn volk kleineerde en afperste.'

Meerdere mannen traden naar voren en maakten één voor één een buiging om hem te erkennen als graaf.

'Vincent Everly, Vincent Everly,' schalde massaal door de zaal.

Gareth was zichtbaar ontdaan door het vertrouwen wat hij van iedereen had gekregen. Dit moment was beter dan hij zich had voorgesteld. Riley kwam ook naar voren en lachte.

'Nu moet je mij toch nog eens één ding uitleggen, Gareth Palmer of Vincent…?

Hoe ben je op de namen gekomen, ik ben reuze benieuwd?'

Gareth lachte.

'Ik wist dat dit je eerste vraag zou worden, haha.

Wel, *Gareth* was niet zo moeilijk.

Het is mijn tweede Schotse naam en *Palmer*, tja.

Die naam heb ik pas gekozen toen ik op een dag in een herberg was in Cornwall, wachtend in een lange rij om gekozen te kunnen worden als matroos.

Om de tijd te doden verbeelde ik mij in hoe de koloniën in dat verre vreemde gebied eruitzagen.

En het eerste wat in mij opkwam waren palmbomen.'

'Laat meneer Oliver dat maar niet horen, haha.'

Gareth glimlachte even, maar keek al snel weer serieus. Hij liep naar de Redcoats die nog altijd paraat stonden, wachtend op orders van de juiste persoon.

'Ik ben de graaf van Everly Hall en het graafschap van Fernwood, en mijn eerste opdracht aan jullie is deze:
Arresteer deze moordenaar in afwachting op zijn vonnis.
Ontneem hem zijn titel, zijn macht en zijn naam.
Ik wil hem nooit meer zien.'

Drie soldaten kwamen op hem af, maar Nathan trok plotseling een mes en dook boven op Gareth. Beide mannen rolden over de gepolijste vloer en een hevige worsteling volgde. De toeschouwers deinsden achteruit. Gareth probeerde Nathans arm met alle macht van zich af te duwen. Maar hij was sterker dan hij dacht. Nathan greep zijn kans en stak hem met een rechte steek net boven zijn borst. Gareth schreeuwde het uit van de pijn en schopte hem van zich af. Het mes kletterde op de grond. De Redcoats wilden hem grijpen, maar Gareth schudde *nee*.

'Hij is van mij!' brulde hij woest.
'Dit beest verdient geen eerlijk proces!
Ik verklaar als graaf deel te nemen aan dit duel op leven en dood.
Zo zal het gaan.'

Hij trok zijn degen en Nathan greep die van hem. De Redcoats maakten een grote kring rondom het tweetal. De degens kruisten en de vonken vlogen in de lucht bij elke aanraking. Gareth voelde zoveel adrenaline door zijn lichaam stromen dat de pijn aan zijn bloedende wond verdween. Hakkend en wild zwaaiend kwam hij op hem afgestormd. De kracht in Gareth groeide bij elke slag, alsof hij boven zichzelf uitsteeg. Hij raakte Nathans bovenbeen, schampte zijn gezicht en verwondde zijn zij. Nathan was overrompeld en werd door zijn broer in een hoek van de zaal gedreven.

'Kniel voor me, dan zal ik je een eervolle dood geven,' zei Gareth resoluut.

'Nooit!' gromde Nathan en hield zijn degen met twee handen trillend vast als laatste uitvlucht.

Bloed sijpelde uit zijn neusgaten.

'Het zij zo!'

Gareth hief zijn degen hoog in de lucht, haalde razendsnel uit en plantte het wapen diep in zijn hals. Een straal bloed spoot omhoog en Nathan zakte voor zijn ogen in elkaar. De laatste woorden die hij sprak waren voor de man waarmee alle ellende begonnen was:

'Vader, ik kom eraan...'

Gareth zakte met een zware zucht door zijn knieën, maar een glimlach kon zijn blijdschap niet onderdrukken. Evelyn kwam naar hem toegesneld en omarmde hem.

'Het is voorbij, het is eindelijk voorbij.'

De Graaf van Everly Hall

Gareth lag languit op het gras, omringd door de rode rozen waar zijn moeder zoveel van hield. Hij was in de tuinen van Everly Hall alsof hij nooit ergens anders was geweest. Hij genoot van de zonnestralen die zijn lichaam verwarmde. De zomerwarmte gaf een fijne afleiding van de stekende pijn die hij voelde aan zijn borst. De steek van het mes had een flinke wond achtergelaten. Hij voelde aan het verband onder zijn blouse. Het voelde alweer vochtig. De linnen doek was in het midden rood gekleurd. Hij moest het opnieuw laten verschonen. Het zou nog wel enkele dagen duren voordat de wond goed gedicht was. Hij sloot zijn ogen en probeerde zijn gedachten te verzetten.
Gareth sliep voor een tijdje toen een mooie stem vanuit de verte hem wakker maakte. Hij glimlachte.

The Mermaid and the Sailor.
Het lied dat ons bij elkaar heeft gebracht.

Gareth kwam langzaam overeind uit het gras en luisterde vanwaar het lied kwam. Hij draaide zich om en zag Evelyn naar hem toekomen. Ze droeg de mooie roze jurk en haar lange haren hingen los over haar schouders. Zo zag hij haar het liefst, precies zoals ze was. Daar konden geen gouden juwelen of chique pruiken tegenop. In haar hand droeg ze een linnen doek en een kan met schoon water. Gareth maakte de laatste twee zinnen van het lied af:

'And the sailor found his wife,
with a tail like hers they started their life.'

Evelyn lachte.

'Als je ooit besluit dat graaf zijn toch niet is wat je wilt, kun je altijd nog gaan zingen.
Je hebt vele talenten Gareth en ik heb het idee, dat dit niet het enige is wat ik nog zal ontdekken.
Maar eerst beter worden.
Wil je even rechtop zitten zodat ik de wond kan reinigen en de vuile doek kan vervangen?'

Gareth knoopte zijn blouse open.

'Heb je nog veel pijn?'

'Ik kan leven met pijn Evelyn en deze wond zal genezen.
Ik ben dankbaar dat ik je niet voortijdig heb moeten verlaten.
Het had allemaal heel anders kunnen aflopen als hij mij een paar centimeters lager had geraakt.'

'Je hebt gelijk.
Het enige wat je hier nog aan overhoudt, is een litteken dat ons zal herinneren dat het leven kwetsbaar is en hard, maar tegelijkertijd ook mooi en sterk kan zijn.'

Evelyn verschoonde zijn wond en bond de schone doek stevig vast. Gareth streek over haar wang en pakte haar bij de rechterhand. Samen liepen ze door de tuin. Bij een ronde vijver met een spuitende fontein stopte hij en keek haar serieus aan.

'Ik moet je nog iets zeggen, Evelyn.
Iets wat mij van het hart moet.'

'Je hoeft mij niets meer te vertellen, alles is gisteren al gezegd. Ik wil alleen nog maar bij je zijn en vooruitkijken naar onze toekomst samen.'

'Het is waar dat ik gisteren veel heb gezegd ten overstaan van iedereen, maar de belangrijkste woorden heb ik voor jou bewaard.'

'Dan, vertel het mij en lucht je hart.'

'Ik hoop dat je mij kunt vergeven Evelyn.
Ik vraag je om vergiffenis omdat ik zo lang heb verzwegen wie ik werkelijk ben.
Geen arme matroos die niet kan schrijven, maar een erfgenaam en graaf van dit grote gebied, hier in het noorden van Engeland. Weet dat ik jou en niemand van onze vrienden in de problemen wilde brengen.
Als jullie meteen vanaf het begin al wisten wie ik was, waren jullie levens niet veilig geweest.
Niet voordat ik al het bewijs had verzameld dat nodig was om Nathan ten val te brengen.'

'Je hoeft niets uit te leggen, ik begrijp het volkomen.
Maar als je vergiffenis wilt, dan schenk ik je het, bij deze.'

Gareth kuste haar.

'Dank je.
Nu staat niets ons meer in de weg om te doen wat we al zo lang van plan waren.'

Gareth plukte een rode roos en gaf deze aan Evelyn. Hij knielde voor haar neer.

'Ik heb je deze vraag al eens eerder gesteld en een antwoord gekregen, maar ik vraag het je nu opnieuw, dit keer zonder geheimen, hier op de plek waar ik ben opgegroeid.'

Hij knielde voor haar neer, schoof de Keltische ring van zijn vinger en hield hem voor haar.

'Lieve Evelyn, accepteer je deze ring en wil je met mij trouwen? Kies mij als de jongen die je eens hebt leren kennen en als de man die nu voor je staat.'

'Ja, ik wil met je trouwen en voor altijd aan je zijde staan. Nooit meer komt er iets tussen ons in, nooit.'

Gareth schoof de zilveren ring aan haar vinger. Het groene glas dat in werkelijkheid een kostbare smaragd was, glinsterde in het zonlicht. Evelyn hield haar handen om zijn gezicht en keek hem liefdevol aan.

'Jij hebt vele namen, namen die je naar plaatsen en verre oorden hebben gebracht waar je anders niet zo snel zou komen.
Je bent een graaf, je bent Vincent Everly, een McDougal en je behoort zelfs tot de Schotse clan de McArthurs.
En… je bent mijn *Koning Arthur*.
Dat kan geen toeval zijn.'

Hij glimlachte.

'Jij bent ze allemaal en toch ben je één en dezelfde persoon. Iedereen zal je noemen bij de naam zoals ze je hebben leren kennen.

Maar voor mij… zul je altijd Gareth blijven.
Mijn Gareth.

Ik hou van je.'

www.ingramcontent.com/pod-product-compliance
Lightning Source LLC
Chambersburg PA
CBHW032022240626
47154CB00003B/751